跨文化研究系列丛书/总主编　杨朝军　姜　玲

时亦谈嘲：读"愤怒诗人"拉金等
A Collection of Essays: Understanding Larkin and Others

付江涛　著

河南大学出版社
HENAN UNIVERSITY PRESS

·郑州·

图书在版编目(CIP)数据

时亦谈嘲：读"愤怒诗人"拉金等/付江涛著.--郑州：河南大学出版社，2021.5
ISBN 978-7-5649-4684-5

Ⅰ.①时… Ⅱ.①付… Ⅲ.①英国文学-文学研究 Ⅳ.①I561.06

中国版本图书馆 CIP 数据核字(2021)第 084350 号

责任编辑　陈晓林
责任校对　薛巧玲
封面设计　李雪艳

出　版	河南大学出版社		
	地址：郑州市郑东新区商务外环中华大厦2401号	邮编：450046	
	电话：0371-86059701(营销部)	网址：hupress.henu.edu.cn	
	0371-86059752(自然科学与外语部)		
排　版	郑州市今日文教印制有限公司		
印　刷	广东虎彩云印刷有限公司		
版　次	2021年5月第1版	印　次	2021年5月第1次印刷
开　本	787 mm × 1092 mm　1/16	印　张	8.75
字　数	127千字	定　价	38.00元

(本书如有印装质量问题，请与河南大学出版社营销部联系调换。)

总　　序

　　河南大学外语学院与河南大学同岁。河南大学的前身为1912年的河南留学欧美预备学校,迄今已有一百多年的办学历史。河南大学外语学院现设有英语、翻译、俄语、日语、德语、法语6个本科专业,拥有外国语言文学博士后科研流动站及外国语言文学一级学科博士、硕士学位授权点,拥有河南省高校人文社科重点研究基地(英语语言文学研究中心)、河南大学外国语言学及应用语言学研究所、英美文学研究所、翻译理论研究所等科研机构,主办有《外文研究》学术期刊。河南大学外语学院的英语专业为国家级特色专业、国家级专业综合改革试点及国家一流本科建设点,俄语与日语专业为河南省一流本科建设点,《高级英语》为国家级精品课程、国家级精品资源共享课程,《英语语言学概论》为河南省首批一流线下本科课程,英语语言文学教学团队为国家级教学团队,外国语言文学为河南省一级重点学科。英语专业连续多年跻身全国专业排行榜A++行列。

　　一百多年来,河南大学外语学院的教职工及学生秉承河南大学"明德新民、止于至善"的校训,充分发扬"海纳百川、追求卓越"的院训,殚智竭诚,筚路蓝缕,涌现出张今、刘炳善、吴雪莉、徐盛桓等国内知名专家学者,其关于认知语言学、莎学、语用学的研究在国内外有广泛影响,功能语言学、文体学、英汉语言对比、翻译理论、俄罗斯语言文学、日本文化等方向的研究在国内居于前列。近年来,河南大学外语学院进一步完善学科布局,优化资源配置,出台了一系列规章制度,外语学院学术研究空前繁盛。近十年来,学院教师共发表学术论文1054篇,出版教材和著作等126部,先后承担各级各类社科项目252项,其中国家社科基金项目24项,获各级奖励123项。正是在这样一种氛围中,学院决定推出这套"跨文化研究系列丛书",旨在陈列河南大学外语学院的最新成果,向学界汇报我们的研究发现。

这套丛书的学科覆盖面广泛,涉及文化、翻译、语言学、文学等研究领域;丛书的作者老中青结合,涉及不同的年龄阶段,他们中既有80岁高龄的知名教授,也有近几年涌现出来的青年才俊,反映了河南大学外语学院薪火相传、生生不息的学术传统。吕长发教授已近耄耋之年,仍然潜心研究、笔耕不辍,他与张玉红副教授等人合著的《西方戏剧史》是一部系统讲解西方戏剧发展历史与深入分析西方戏剧主要剧作家和戏剧文学批评家作品的著述;高继海教授的两本译著《〈易经〉原文·白话·英译》《〈人间词话〉原文·白话·英译》是对中国文化典籍英译事业的进一步发展和推广;李香玲副教授、杨书霞副教授、马应聪博士和俞琳博士等在语言学方面的研究成果以及焦小婷教授、付江涛副教授、刘宁宁博士等在文学研究方面的发现展现了近年来外语学院在科研发展创新与青年学术骨干培养等方面所做的努力,充分展示了一代代外院人孜孜不倦、砥砺向前的科研精神。

诚然,这套丛书编撰时间仓促,其中难免存在学术或技术上的问题,恳请各位同人能够不吝指正。同时在这里我们想代表这套丛书的作者,向在背后默默付出的河南大学出版社的各位编辑表示谢忱!

总主编
2020年7月于河南大学外语北楼

前　言

夏日杂题

陆　游

疏疏窗似秋蚕室，叠叠书如春鹊巢。
大耋何妨尚弦诵，小诗时亦杂谈嘲。

　　追随老师研习文学伊始，就时常听到前辈关于文学即"人学"的总结。据说，将文学称为"人学"，是高尔基提的建议。不难理解，文学所关注的，就是人与社会。人与人的关系，人与群体、自然共生共存，都在文学考察的范围之内，故此"人学"的称谓合情合理。

　　王佐良先生曾经说过，第二次世界大战以后，1950年以来英国出了两位大诗人，一个是塔特·休斯，另一个就是菲利普·拉金。"他（拉金）上过牛津大学圣约翰学院，同学中有金斯莱·艾米斯和约翰·韦恩。这两人虽以写小说著名，也写过诗，而在诗艺上视拉金为长兄。这些人合起来，成为一个名叫'运动'的诗派，在五十年代有点声势。"这就是"愤怒的青年"一派作家。他们因为愤怒（失望、沮丧）而愤怒，又不是仅仅为了愤怒而愤怒（无所在乎、毫不关心的漠然态度背后其实是蕴含着对国家和社会的责任感与突围困境的反思）。从反叛到妥协，从喧闹到冷寂，他们经历的很短，却又经历了太多。拉金作为一个诗人，是严肃的。他写诗，有时候笔调很洒脱，但有时候又花上一两年才肯写成一首诗。有的诗透露出他的焦急，有的诗写满了他的讽刺与不屑;有的流露着他的不舍与留恋,有的反映了他的深沉与冥思。评论家对他和他的作品也有着不同的评价。沃尔克特称拉金为大师,谢默尔·希尼批评他过于忧郁,史蒂芬·库柏说拉金是一位颠覆性作家,安东尼·斯威特和詹姆斯·布斯则强调拉金的后现代与解构特征。阿九在其译作《菲利普·拉金诗全集》的译序中强调,拉金重新解释了英国气质(Englishness)。以拉金等人为代表的"愤怒的青年"作家流派,他们的作品较为客观地反映了战后十几年英国社会的现实,揭示了战后青年一代的追求和生活方式,向人们展示了一幅幅逼真的英国现实生活画卷及时代的变迁。通过多维度来考察拉金等"愤怒的青年"作家,可以丰富我们对"愤怒的青年"一代作家创作思想和其作品在当代价值的认识,并指导我们当代文学创作理念。

在读拉金的诗时,我们会看到复杂的情感交织。描述的可能是死亡,展现的也许是生的希望与蓬勃。拉金在《树》中写道:

这些树枝正在抽芽,
好像一句刚到嘴边的话;
新生的叶苞舒展开来,
它们的绿是一种心痛。

它们是不是又要重生,
而我们变老?不,它们也要死。
它们每年扮嫩的把戏,
早已记在木质的年轮里。

但这些不安分的城堡
每年五月都在熟透的浓荫里骚动。

它们像是在说,去年已死,

从新,从新,从新开始。

这里面是否能够读出生死的轮回,又是否可以参悟生命本身的存在方式与意义,至少我们可以感受到那么一点"野火烧不尽,春风吹又生"的味道。书稿收尾之际,正值四月天。年少时,总爱津津乐道林徽因先生的《你是人间四月天》,品味才子佳人的爱情故事之余,也能看出运用优美格律来清新自然地流露对美好生活的希望。后来,每每四月却总是不禁想到艾略特在《荒原》的开篇所大声喊出的那句话:"April is the cruelest month"。人间四月天为何成了艾略特笔下"最残酷"的时节?四月正是春光明媚、万物复苏、一片鸟语花香的祥和的起始。英国中世纪诗人乔叟在《坎特伯雷故事集》的开篇,也是描绘四月,强调在春和景明的日子里圣徒们去朝圣。不过,大好时光里发生的故事,许多却都是荒谬的,令人发笑。这里,用反讽口吻的乔叟可能是在书写生活和世界的混乱,凸显秩序的缺失和希望的暗淡。那么,艾略特也许就是用乔叟的口中诗,来表达文学中对于希望的描写,以此来衬托现实生活里的荒诞。那么从这个角度看,拉金以及"愤怒的青年"作家们都继承了这个传统。这可以帮助我们更好地读懂、读透拉金。所以,简单地理解"愤怒的青年"只是满嘴哀怨、行为反叛,其实是不科学的,也是不正确的。至少从拉金身上,我们是可以看到责任感的,尽管他的表述可能有些愤世嫉俗,狂妄自恋。见拉金的《谁又会否认》:

谁又会否认

一个媚俗的宇宙即将到来?

我不会。但谁又会挡住它的显现?我。

字里行间,无不透露着自我的重要性,也是将实实在在的"提刀而立,为之四顾,为之踌躇满志"跃然纸上。这也许就是拉金身上的英国特征。

近些年,网络上经常会出现一句相当有治愈风格的金句,"生活不只是眼前的苟且,还有诗和远方"。不论说这句话的人多么有争议性,这句话本身是有意义的。阅读文学的人,不会是太庸俗的人,他或多或少要有些"气息",对于心中的理想,有所思考,有所追求。埃兹拉·庞德是为诗而生、为诗而狂的人。他心中的诗就是他心中的天堂。日本东京大学教授厄内斯特·费诺罗萨,曾经师从日本著名学者森海南(Mori Kainan)和有贺永雄(Ariga Nagao),主攻汉诗。费诺罗萨去世后,他的遗孀玛丽·费诺罗萨把丈夫的遗稿交给了庞德整理。这成就了庞德的中国情怀。1915年,庞德在整理的基础上,出版了一本小册子,取名为 Cathay。这本翻译的诗集,还有一个非常长的副标题:*Translations by Ezra Pound for the Most Part from the Chinese of Rihaku. From the Notes of the Late Ernest Fenollosa, and the Decipherings of the Professors Mori and Ariga*。这里共翻译了十九首中国古诗,包括《诗经·小雅·采薇》《汉乐府·陌上桑》《古诗十九首·青青河畔草》,郭璞的《游仙诗》,陶潜的《停云》,王维的《送元二使安西》,卢照邻的《长安古意》以及李白的《长干行》《江上吟》《侍从宜春苑奉诏赋龙池柳色初青听新莺百啭歌》《古风十八·天津》《古风十四·胡关》《忆旧游寄谯郡元参军》《送友人入蜀》《登金陵凤凰台》《黄鹤楼送孟浩然之广陵》《送友人》《玉阶怨》《古风六·代马》。美国学者史景迁(Jonathan D. Spence)认为,庞德1915年的第一个收获,就是用"Cathay"这个词来指代中国(文化)。复旦大学许平教授认为,庞德就是从费诺罗萨那里寻觅到了表达他现代主义诗歌理论的灵感。"Cathay"这个被勾勒得无限美好的地方,已经不再简简单单是一个地理概念,而是一个文学概念,成了一个令人(西方人)向往的乌托邦。例如,诗人弥尔顿在《失乐园》中描述说:"冰山挡住了想象之路/越过伯朝拉河向东前往富饶/神州的海岸。"(As when two Polar Winds blowing adverse/Upon the CRONIAN Sea, together drive/Mountains of Ice, that stop th'imagin'd way/Beyond PETSORA Eastward, to the rich/CATHAIAN Coast.)拜伦在《唐璜》里也曾写,"From Ceylon,

Inde, or far Cathay, uploads/For him the fragrant produce of each trip"。这里被称为"神州""华夏""契丹""卡塔雅"的神秘国度,充满着异邦风情,也许就是庞德心中天堂的雏形。这也是诗人追求美的动力。

文学(文化)的研究魅力,在于留白,留白是美的最高境界,因为它赋予了无限的可能性,激发了我们的创造性。现在的人们看到"identity"这个词,通常会想到中文的"身份"或者"认同"这两个说法。这不足为奇。根据《牛津英语词典》,这个词主要有两层含义:其一,本质上一致的品质或状态;其二,某人或某物在所有时期所有境况下都具有的同一性。中文里针对"identity"的称谓差异也是屡见不鲜的。根据柯思仁和陈乐的研究得知,米兰·昆德拉的法文小说 *L'Identité* 其中文译名就有四个:《本性》(张玲、汤睿译)、《身份》(邱瑞銮译)、《认》(孟湄译)、《身份》(董强译)。*L'Identité* 一词对应的即英文中的 identity 一词。柯思仁和陈乐认为,身份和认同对应着 identity 的两个不同语义层面,两者不可相互替代。"如果说作为名词的'身份'强调个人自身的同一性特征,包含了对 identity 词源义的某种承袭,那么偏向动词的'认同'则代表了 identity 内在的反思维度。假如'我'并不具有某种'本质同一'的身份,那么 identity 就意味着是'我'认为自己具有某种'同一性',那就是一个'认同'的过程。"所以说,当我们通过阅读文本来构建 identity,也就是我们重塑自己的认同过程,即在"各种文本的影响中不断建构、消解又重构"。就如同当代文化研究之父、英国著名文化批评理论家斯图亚特·霍尔所说,"我们不应该把身份看成是一个已经完成的事实,新的文化实践显示我们应该把认同看成是一个永远不会完成的'作品'(production),总是在过程中,总是在再现(representation)中形成。"因此,追寻身份/认同之路可能是漫长的,但一定是丰富而多彩的。

在此,我们要感谢河南大学外语学院杨朝军院长、姜玲副院长等领导;感谢高继海教授、张璟慧教授等老师给我们提供的帮助,为我们提出了有益的指导和建议;感谢河南大学出版社的编辑们,他们的辛苦编辑与校对,为本书的出版提供了必要的保障。本书的撰写,得到了河南省哲学社会科学规划项目《"愤怒的青年"

一代作家的后现代维度研究》(编号 2016BWX007)的大力资助,在此表示衷心的感谢!另外,本书还得到了河南省教育厅人文社会科学研究项目(编号 2019-ZZJH-506)《"愤怒的青年"之文学理念研究》的资助,同时还得到了河南大学外语学院学术出版基金的支持,一并致谢!

付江涛
辛丑年壬辰月丙午日申时于贡院轩

目　录

愤怒作家篇

"愤怒的青年" …………………………………………（ 3 ）

拉金的《阿兰德尔墓》 ………………………………（ 10 ）

拉金的《晨歌》 ………………………………………（ 17 ）

拉金的《道克瑞和儿子》 ……………………………（ 23 ）

拉金的《奇迹之年》 …………………………………（ 28 ）

拉金的《钱》 …………………………………………（ 33 ）

拉金的《去》 …………………………………………（ 38 ）

悖论诗学篇

埃兹拉·庞德的天堂诗学 ……………………………（ 45 ）

埃兹拉·庞德的诗学悖论 ……………………………（ 68 ）

主观与客观的诗学悖论 ………………………………（ 75 ）

"合"与"散"的诗学悖论 ……………………………（ 85 ）

文化身份篇

《吃一碗茶》中的文化冲突与身份 …………………（ 93 ）

寻求认同之漫漫长路 …………………………………… (99)

波德莱尔的应和之美 …………………………………… (105)

《兰沃尔》中的性别角色 ……………………………… (110)

令人悲愤的罗勒花盆惨剧 ……………………………… (115)

人间天堂:《十日谈》中的花园 ………………………… (122)

愤怒作家篇

"愤怒的青年"

1945年5月8日夜,在柏林的郊外,德国时任最高统帅部参谋长凯特尔元帅等人,代表纳粹德国在投降书上签署无条件投降。这宣告着第二次世界大战中的欧洲战争正式结束。在这场空前的战争中,英国受到了重挫,元气大伤。其原本的经济、政治、军事第一大国地位不复存在。紧接着,工党在大选中获胜,并采取了许多措施,针对金融、矿藏、能源、运输等命脉产业进行了国有化,同时还加强对于国民医疗以及社会保障等民生问题的改革,以求尽快恢复生气。1951年,保守党执政,也延续工党的福利政策,意欲改善人民的生活。然而,事与愿违,英国的经济发展较为缓慢,GDP(国内生产总值)第二的位置先后被其他国家所取代。在这种背景下,20世纪50至60年代,便孕育出一波流派,虽然转瞬即逝,生命力并不旺盛,但是其昙花一现仍旧给英国乃至世界文坛(包括文化艺术节)带来了些许新鲜的血脉,即"愤怒的青年"。

最初,约翰·韦恩在小说《每况愈下》(1954)中表达了大众的呼声;金斯利·艾米斯在小说《幸运儿吉姆》(1954)中,也表达了百姓的不满情绪。但是"愤怒"这个核心理念式的关键词,却是在约翰·奥斯本的剧本《愤怒的回顾》中首次得到体现[1]。奥斯本《愤怒的回顾》一剧的成功上演,使得"愤怒"成了当时的流行语。之后,来自各界的文人、艺术家纷纷动用自己手中的笔和肩上的摄影机,诠释着各种不满与生气,对"愤怒"这一理念的内涵与外延做出了更加多元化的解读。虽然可能彼此之间有时间或者地域上的跨度,即便他们彼此之间互不认识、从未谋面,但是近似的政治理念将他们紧紧地联系在了一起,形成一股时下的文学艺术潮流群体,即主打"愤怒"旗帜的"青年"们。英国作家托马斯·马希勒于1957年编辑出版了众多"愤怒"作家的文章的集子,称为《宣言》,算是对这个"愤怒"作家群体"核心理念"的宣示。这个集子由马希勒作序,分别收录了多丽丝·莱辛、柯林·威尔森、约翰·奥斯本、约翰·韦恩、肯尼思·泰南、比尔·霍普金斯、林赛·安德森、斯图尔特·霍洛伊德的文章,对于他们共有的理念进行了陈述。《宣言》的出版,可以说是对于这个群体的合理定位,也是对于所谓的"底层群体"声音的一种宣泄和途径构建。这个文学(或文艺)"愤怒"理念的建构,催生了短暂但又特征鲜活的"一代"作(艺术)家。因此,《宣言》被视为"弥足珍贵"的"一代人的真实表达"(Held,1958:39)。这一代群体成员有小说家、戏剧作家、导演等,他们产出了大量反映工人阶级真实生活的文学艺术作品,对社会阶层所受的不公待遇表达了强烈的不满情绪,言辞之中的悲观、失落以及愤慨成了鲜明的标志。约翰·布莱恩的成名小说《向上爬》被杰克·克莱顿改编导演成了电影《上流社会》(亦译为《金屋泪》),艾伦·西利托的长篇小说《星期六晚上和星期天早上》被卡雷尔·赖兹导演成了电影,约翰·奥斯本《愤怒的回顾》被托尼·理查森导演成了电影,等等。这一系列改编的电影上映之后取得了不错的反响,被称为"不列颠新潮流"。此外,受到"愤怒一代"的感染,成立于1963年的奇想乐队,一度十分活跃,被视为英国流行摇滚的奠基乐队之一,与大名鼎鼎的披头士乐队、滚石乐队等齐名,风靡全球。甚至在1973年的歌曲专辑《保留节目Ⅰ》中,大声唱道:"那些愤怒的青年都去哪了?巴斯托和奥斯本,沃特豪斯和西利托,他们到底都跑哪去了?"以此向那曾经辉煌的一代作家致敬。

可以说,愤怒的一代作家和艺术家,都具有自己的个性,与此同时,又有着高度的相似性。他们的生活经历与文艺创作轨迹会有这样或那样的差异,但是其核心理念都是紧紧围绕着同一个主题,即"愤怒的"表达与叙述。他们的书写形式与发声渠道不尽相同,然而其心理情感流露的呈现形式,从某些视角看来,又高度一致。

因此,对于这个非主流思潮的审视,对其文学艺术理念的提炼,有助于我们了解那个特殊的时代与创作群体的心态。

柯林·威尔逊(1931-2013)是"愤怒的青年"潮流中的一员。他是一位多产作家,毕生出版了一百多部作品,涵盖文学、哲学、犯罪学、科学等多个领域。2007年,威尔逊出版了《愤怒的岁月:愤怒青年的兴与衰》(由罗布森图书有限公司出版)一书,对他和愤怒作家们的往事进行了讲述。在威尔逊的自序中,他谈及了创作本书的原因。《愤怒的岁月:愤怒青年的兴与衰》一书出版之前,最近的关于介绍20世纪50年代"愤怒"运动的书籍要属《愤怒的青年——20世纪50年代的文学喜剧》(2002)。该书是汉弗莱·卡彭特在企鹅出版社出版的关于愤怒作家群体的传记。在威尔逊看来,卡彭特的这本小册子,含金量不高,属于"不知羞耻的'急就章'"。对于所描写的作家群体,卡彭特毫无同情之心,仅仅是将其生平片段简单地拼凑,从而粗制滥造,达到赚钱吸睛的目的罢了。在卡彭特眼中,20世纪中叶最为重要的讽刺思潮代表当属英国舞台讽刺剧《边缘之外》(Beyond the Fringe)和英国系列电视喜剧《就是那周》。《边缘之外》是彼得·库克和达德利·摩尔等人编剧并主演的舞台剧,先后在英国伦敦著名的戏剧休闲文化区西区与美国百老汇上演,受到大众追捧。在《边缘之外》的强烈影响下,英国文艺界掀起了"讽刺热潮"(satire boom),先后出现了《就是那周》《巨蟒剧团——飞翔马戏团》等搞笑热剧。这一系列作品受到的空前好评为"嘲讽掌权者的浮夸"提供了广袤的空间,因此在英国民间影响颇深。故此,卡彭特认为"愤怒的青年"的影响力与重要性,远不及《边缘之外》等舞台、电视作品。威尔逊对卡彭特这一观点颇不赞同。威尔逊直言,这些舞台、电视剧等无非是"轻量级反权威娱乐"作品,成不了什么大气候,没有其核心特色。反观"愤怒的青年"们,其团体特质却更加耐人寻味,即约翰·奥斯本、约翰·布莱恩、艾伦·西利托、斯坦·巴斯托、阿诺德·威斯克等人(也包括威尔逊本人),皆来自工人阶级。威尔逊援引彼得·刘易斯评介奥斯本、布莱恩等作品中主人公的话,"他们都反对某种人物所象征的阶级障碍,这种人物的核心思想,可想而知,是作品中主人公以及作者对于 50 年代英国所最为痛恨的东西"(Wilson,2007:XV)。威尔逊认为,正是这种阶级特性,决定了他们作品的独特性与严肃性,因此对于社会发展与变革起到了积极与认真思考的作用,体现了实实在在的价值。威尔逊特别指出,贬低"愤怒青年"运动的严肃性并将其列为"喜剧"活动的卡彭特其真实身份是前牛津主教的儿子。他的身份决定了他对"愤怒青年"理解的狭隘性与残缺性。威尔逊因此坦言,他书写宣传"愤怒的青年"们(而非像卡彭特之流追捧讽刺剧演员)的真实目的就是因为他坚信"愤怒的青年"们的政治诉求。愤怒作家们的抗争是实实在在的,是呼唤切实可行的变革的呐喊,诚如让-雅克·卢梭、威廉·科贝特、威廉·戈德温等改革家一样。在威尔逊眼中,这才是具有真实意义上的举动,才应该得到大众的重视,而那些不关痛痒的戏剧作品是不可与其同日而语的,顶多算是放放空炮而已(Wilson,2007:XV)。

  威尔逊对于自己的论断深信不疑,他坚信"愤怒的青年"的成功是具有其特质的。在《愤怒的岁月:愤怒青年的兴与衰》中,威尔逊回忆了自己的文学发际之路。威尔逊于 1951 年来到伦敦,想实现自己的作家梦,但是当时的环境似乎并不是很理想,"战争已经结束六年了,不过一战后的新生代作家兴起似乎毫无迹象"(Wilson,2007:1)。这期间,他克服了重重困难,战胜了生活中的困窘,在拮据的日子里,写出了处女作《旁观者》并一炮走红。在短短的一年内,该书被翻译成了十几种语言出版。这对于威尔逊本人以及整个英国文学界都是个触动。用他自己的话说,"随着时间的流逝,可笑的媒体舆论达到了狂热的程度。那些'严肃的'评论家们开始去印证说明他们一开始就怀揣着的高度热忱。他们很欣慰,终于可以不用再贬低称这本书为自学工人的作品了"(Wilson,2007:20)。威尔逊《旁观者》的畅销和对《愤怒的回顾》的令人赞不绝口的剧评,成就了作者也成就了这个小流派,"短短几天,约翰·奥斯本和我(威尔逊,作者注)就被并置到一起,谓之'愤怒的青年'"(Wilson,2007:20)。

  不难看出,"愤怒的青年"作家一派最显著的标签便是"愤怒"二字。"愤怒"派中的名人之一,多丽丝·莱辛在她的第一部小说《野草在歌唱》中,便运用典型的方式去瞄准"愤怒"的靶子;有效地将愤怒投射到"非洲白人对待黑人的态度"上(Wilson,2007:38)。经比尔·霍普金斯给托马斯·马希勒提议,把这些备受争议的"愤怒作家"的一些作品集成一个小册子出版,冠名为《宣言》(Wilson,2007:128)。这样一来,"愤怒派"的纲领和宗旨便似乎更加明确了。其中,霍普金斯的《前所未有的方式》一文说道,"过去十年的文学显然缺乏目标、目的与力量。它未能开辟崭新的想象路径,未能创造出不朽的人物,也压根没有为书写文字带来任何的活力"(Wilson,2007:129)。这被视为霍普金斯小说《神圣与腐朽》创作的座右铭。这一点和斯图尔特·霍洛伊德《宣言》中的文章《危机的意识》观点一致,即现代文学缺乏"活力、远见与力量",现代人因此而自觉萎靡、无用。霍洛伊德写道"人不仅仅是下层次所塑造的,更主要是上层次来决定的。人不只是社会或政治动物……人是外在存在的个体,面对上帝要完全对自己的行为负责"。可见,霍洛伊德和霍普金斯对现状不满,图求改变的诉诸手段不同罢了,一个是新政治,一个是新宗教(Wilson,2007:131)。约翰·韦恩的文章《走钢丝》被威尔逊认为是《宣言》中最佳的一篇(Wilson,2007:133)。韦恩强调作家的写作题材应该是更"具人性"的,一切包括环境在内都应该被给予高度的人性化。韦恩认为乔叟、狄更斯还有伊丽莎白·盖斯凯尔等就是这样类型的好作家。奥斯本撰写了《他们管它叫板球》,严厉批评了英国媒体(称其为"英国的骗子")、托利党(谓之"自欺自大的天才")和英国广播公司(称之"训练有素的皇室走狗")等。威尔逊并不太看好这篇檄文,认为它只是篇充满"愤恨"的"大杂烩"(Wilson,2007:134),欠缺逻辑层次。泰南的文章《戏剧与人生》指出,他所要追求的戏剧类型,"率真、勇敢、典雅和愉悦……避免决定论,因为决定论剥夺了选择的自由,没了自由选择,也就无法成为戏剧了"(Wilson,134)。林赛·安德森的《出来推一把》一文更是把愤怒发挥到了更大的限度,把艾米斯、韦恩到威尔逊等人骂了个遍,不过威尔逊对安德森并没有因此怀恨在心。在威尔逊看来,安德森最终也成功地推出了《如此运动生涯》《如果……》

《大都市小人物》等影片,着实证明了他自己的信条,要努力"推一把"劲儿,更上一层楼(Wilson,2007:135)。

不得不承认,"愤怒的青年"们有他们愤怒的理由,也有对于社会细致的观察和令其不满的明确对象。这场运动从文学文艺到文化,彰显了一派作家(艺术家)的才华技艺,也产生了强有力的感染情绪[2]。短短的一秩,这个"愤怒一代"昙花一现,逐渐淡出人们的视野,风光不再。其原因可能并不复杂:也许是大众习惯了他们的高嗓门,厌倦了喋喋不休的怒吼,产生了审美疲劳;也可能是这一派作家动机并不十分的纯粹,有些沽名钓誉之嫌,久而久之令人生厌;抑或"愤怒的青年"们通过"愤怒"得到了部分精神和物质上面的满足,不需要再为生计而操劳,自然也就没有理由再故作愤怒;还大概是"怒吼"与"发泄"之后,他们未能尽职尽责,做严肃的深入思索,解决问题的手段和倡议不足,遭到实干主义者的嫌弃。毋庸置疑的是,"愤怒的青年"已经无法适应时下的社会发展,他们的理念已经需要更新升级,他们的写作创造技巧有待完善,描述的情节主题也略显俗套,这些都构成了他们最终淡出大众视线的因素。无论如何,他们短暂吹响的号角具有相当的穿透力,他们绽放的文学光芒也照亮了同时代和后来者,这笔色彩也许没有那么的浓重,但势必在文学史上留下永久的一席之地。

注释

【1】文学界普遍认为,"愤怒"一词最初应该是从莱斯利·保罗的自传《愤怒青年》名字借用过来的,然而该书名中"愤怒"的概念与"愤怒的青年"作家、文学并无太实质性的关联。

【2】大洋彼岸出现了"垮掉的一代""迷惘的一代"等作家群体。

参考文献

1. Amis, Kingsley. *Lucky Jim*[M]. London: Penguin Classics, 2000.

2. Held, Virginia P. "Up from Zero". *The Reporter*[N]. New York, 1958 (03): 39-42.

3. Osborne, John. *Look Back in Anger: A Play in Three Acts*[M]. London: Faber & Faber, 2005.

4. Wilson, Colin. *The Angry Years: The Rise and Fall of the Angry Young Men*[M]. London: Robson Books, 2007.

5. 刘英华,李桂广.绝望者的呻吟:愤怒的青年和垮掉的一代[M].海口:海南出版社,1993.

6. 王佐良.英国文学史[M].北京:商务印书馆,2017.

拉金的《阿兰德尔墓》

英国著名"愤怒派"作家代表诗人拉金著有大量脍炙人口的诗篇,其中《阿兰德尔墓》便是其较有代表性的一篇。这首诗作于1956年,但是直到1964年才正式得以发表。这首诗歌被收录在拉金的同名诗集《降灵节婚礼》中。诗文如下:

An Arundel Tomb

by Philip Larkin

Side by side, their faces blurred,
The earl and countess lie in stone,
Their proper habits vaguely shown
As jointed armour, stiffened pleat,
And that faint hint of the absurd—
The little dogs under their feet.

Such plainness of the pre-baroque
Hardly involves the eye, until
It meets his left-hand gauntlet, still
Clasped empty in the other; and

One sees, with a sharp tender shock,

His hand withdrawn, holding her hand.

They would not think to lie so long.

Such faithfulness in effigy

Was just a detail friends would see:

A sculptor's sweet commissioned grace

Thrown off in helping to prolong

The Latin names around the base.

They would not guess how early in

Their supine stationary voyage

The air would change to soundless damage,

Turn the old tenantry away;

How soon succeeding eyes begin

To look, not read. Rigidly they

Persisted, linked, through lengths and breadths

Of time. Snow fell, undated. Light

Each summer thronged the glass. A bright

Litter of birdcalls strewed the same

Bone-riddled ground. And up the paths

The endless altered people came,

Washing at their identity.

Now, helpless in the hollow of

An unarmorial age, a trough

Of smoke in slow suspended skeins

Above their scrap of history,

Only an attitude remains:

Time has transfigured them into

Untruth. The stone fidelity

They hardly meant has come to be

Their final blazon, and to prove

Our almost-instinct almost true:

What will survive of us is love.

《阿兰德尔墓》一诗是拉金1956年元旦假期期间与生活伴侣莫妮卡·琼斯参观奇切斯特大教堂时所作。奇切斯特大教堂建于1075年，接待过无数的来访者。

它位于英格兰埃塞克斯郡,是圣公会奇切斯特主教区的主教座。在参观过程中,见到石雕像,诗人有感而发。阿兰德尔墓中真实的贵族夫妇是14世纪的阿兰德尔伯爵夫妇(理查德·菲茨兰和夫人兰开斯特的埃莉诺)。阿兰德尔伯爵夫妇实际埋葬在刘易斯城修道院,奇切斯特大教堂的石雕像仅仅是个纪念堂而已(照片中的雕像就是阿兰德尔伯爵夫妇石像)。此处拉金是刻意将他的所见描绘成到访阿兰德尔墓,估计是为了渲染诗歌的氛围。

《清平山堂话本·风月瑞仙亭》(明·洪楩)中有云:"我既委身于你,乐则同乐,忧则同忧;生同衾,死同穴。"再往前追溯,《西厢记》(元·王实甫)第四本第四折中道:"不恋豪杰,不羡骄奢,自愿地生则同衾,死则同穴。"当然,还可以看到更早的《诗·王风·大车》:"谷则异室,死则同穴。谓予不信,有如皦日!"《阿兰德尔墓》的开篇,直观印象,也是一对伉俪生死相依的画面。虽然面目模糊,但是看到两人肩并肩躺在一起,眼前浮现的依旧是夫妻相濡以沫的情形。从夫妻二人的服饰来看,非等闲之辈,对得起他们尊贵的伯爵与伯爵夫人身份。男主人的戎装(活动接头的铠甲)和女主人的长袍(褶裥挺立,清晰可见),似乎十分应景,与教堂肃穆、哀悼的气氛吻合。比较不太合拍的元素(略显荒诞)是两位脚边的两只小狗。这两只小狗从何而来?是陪葬品?还是主人生前的挚爱陪伴?我们无从得知。仅仅是为了把最具人性的老伙计带在身边,还是为了身后能够脚踏祥兽顺利升天,恐怕只有主人和安葬他们的仆人晓得。但可以肯定的是,这里面掺杂着浓浓的生与死、情与爱的交织。这是讴歌他们此情永不移,还是讥讽揶揄同床异梦,此刻并不重要了。诗人简单笼统的笔触,勾勒出来的是淡淡思与伤!

第二节中,诗人开始更为细致的观察。匆匆的游客,可能未必会对这种简约的坟冢雕像给予微观的审视。我们现在耳熟能详的"巴洛克"风格,主要脱胎于文艺复兴时期的意大利。该词源于葡萄牙文"barroco",从词源意思上看是指具有"畸形瑕疵的珍珠",强调珍珠的外表不够圆润。故此,最初这个词是个贬义十足的标签。但是"巴洛克"一词,对于文艺复兴和古典、浪漫时期的发展具有承上启下的重要作用,因此很快就演化成了高大上的褒义词,蕴含着豪华、激情、浪漫、立体、空间、想象等多重含义。而此处的前巴洛克风格(指中世纪)自然就是平淡无奇之意,"Hardly involves the eye"(毫无吸睛之效)。但话锋一转,前巴洛克的物件也绽放了异彩,是伯爵手上的中世纪金属长手套,被攥在手中。令游客略感惊叹的是,伯爵的手握着夫人的手,但手是呈回缩的姿势。为什么回缩?是想抓得更紧,把爱人永远牵在身边?还是有所犹豫踌躇,不知所措,想放开又不好松开?这种模糊性,是诗人赋予诗歌的张力。按照拉金的英国口音读法,baroque 和 shock 是押韵的(美国口音字母"O"发的音更近似"欧"音)。这说明了什么?诗人在暗示我们,伯爵和夫人关系有疏?他们的至死不渝的爱情是不是我们理所当然的臆断?毕竟,拉金所用的 tender(温柔的)和 sharp(猛然的)本身就是矛盾的,也是引领读者继续观察下去的动力源泉。

　　既然我们无法得知真实的情况,那么总还是可以根据细节进行推测的。我们可能会猜,这夫妇俩恐怕也没料到他们会尸身完整地躺在这里这么久,供人瞻仰。雕像栩栩如生,仿佛把他们的一切特征都定格在了那一瞬间,囚禁在雕塑的实体内。当然,这份逼真体现在观者眼中的细节上,这份精细是依赖雕塑家精湛的技艺完成的。无生命的石膏泥土,所呈现的情感,为实现"恒久远"的流芳提供了保障。这份爱情到底有多真,他爱她究竟有多深,我们依旧无法探询,但是能够实实在在地体验到肉体载体的灰飞烟灭留给人心底美丽爱情神话瓦解的无奈。浪漫、优雅的拉丁人名,不仅仅是他们家族符号的象征,更是个体于人世间在场的证据。曾经貌似脍炙人口的模范情侣之大名,现在又有谁人能够记得!此处不经意的一笔,仿佛时空机器把我们带回到了遥远的过去。

　　诗人仿佛还要提醒我们,对这对夫妇遗忘的速度还不够快。已逝的人啊,你们可曾想到,你们的消逝是无声的,生前你们的一切人生故事,都成了风,飘散而过。曾经的"老房客"(关心、关注你们的人)人去楼空,新来的人均是过客,谁会真正关注成为历史的你们呢!我们这些游客,无非就是来看个热闹的行人,视而未必一定见,毕竟这份情感与他们无关。他们,只能继续静静地躺着,接受日复一日的时间的拷打,逐步向泯灭靠拢。春夏秋冬,四季更迭,脚步不会为谁而停滞一分一毫;飞禽走兽,繁衍生息,周而复始也从不倦怠。源源不断的客流,攒动的看客的人头,是不变的风景线。川流不息的朝拜者,并不是真的来让这对夫妇永垂不朽的。人潮越汹涌,他俩被遗忘得便越快。不得不说,这是很悲惨的事实。从诗人的用词就能体会到,helpless(无助)、hollow(空乏)、unarmorial(无家族纹章的、无名的)、a trough of smoke(一缕烟)、suspended skeins(悬着的线)等一系列的表达,都显得阴霾无比。阴郁的灰色调注定了他们的历史只能是断裂的碎片(scrap of history)。破碎的一切痕迹都在慢慢消殆,唯有一种态度还在。值得注意的是,拉金最初发表本诗的时候(1956年6月期《伦敦杂志》),原句为"Only their attitude remains:",后来的版本都改成了"Only an attitude remains:"。原本借伯爵夫妇之口的道理总结似乎通过一个不定冠词凸显了其真理性和永恒性。拉金分享给我们的这句真理也的确令人信服,"时间已将他们幻化成虚妄(Untruth)"。其实本该如此!人世间,什么是 truth? 谁来定义 truth? 谁有权利评判 truth? 为什么需要 truth? 这恐怕是无法解答的难题。要是界定 fact,可能要容易得多,大家也会有个基本的共识。一旦要是寻求 truth,那说法就五花八门了。所以说,我们可以去无限地接近 truth,却永远无法确定地获取 truth。这种观点(所有 truth 都是某种 untruth)难道不就是一种"truth"(实实在在)吗?! 在诗人看来,世人如果能理解这一点,也就不难参透世事了。诗歌的结尾,或许流露出了拉金的真实想法。(当然,诚如庞德所言,作为好的诗人应该客观,不说教!)墓石就在那里,看得见,摸得着,即便逝去的夫妻本意并非如此,但是它代表着那份忠贞与情感,它已经固化成了一个记忆符号。读者既可以把 final blazon 理解成"族氏的纹章",也可以视作"公开的宣言",要大声告诉世界。我们的"直觉",其实是"准直觉、近乎直觉"(almost-instinct),是无限接近 truth(almost true)的,能永存的,不是肉体,不是名分,只有爱!

的确,诗的结尾仿佛与前面所描述的有些相悖。前面提及的爱情好像具有很大的不确定性,对于爱情是讴歌还是质疑,具有模糊性和迷惑性。我们似乎无法把握这对恋人的过去。但是,可以想象到,拉金在这个罗马时期遗留的小镇,注视着这座雕像,假想站在阿兰河畔的阿兰德尔墓中之时,应该内心是澎湃的。他似乎是在通过雕像告诉我们,在万般不确定之中,因为我们有爱,这是不是就是不幸中的万幸呢?!

拉金的《晨歌》

Aubade

by Philip Larkin

I work all day, and get half-drunk at night.
Waking at four to soundless dark, I stare.
In time the curtain-edges will grow light.
Till then I see what's really always there:
Unresting death, a whole day nearer now,
Making all thought impossible but how
And where and when I shall myself die.
Arid interrogation: yet the dread
Of dying, and being dead,
Flashes afresh to hold and horrify.

The mind blanks at the glare. Not in remorse
—The good not done, the love not given, time
Torn off unused—nor wretchedly because
An only life can take so long to climb

Clear of its wrong beginnings, and may never;

But at the total emptiness for ever,

The sure extinction that we travel to

And shall be lost in always. Not to be here,

Not to be anywhere,

And soon; nothing more terrible, nothing more true.

This is a special way of being afraid

No trick dispels. Religion used to try,

That vast moth-eaten musical brocade

Created to pretend we never die,

And specious stuff that says No rational being

Can fear a thing it will not feel, not seeing

That this is what we fear—no sight, no sound,

No touch or taste or smell, nothing to think with,

Nothing to love or link with,

The anaesthetic from which none come round.

And so it stays just on the edge of vision,

A small unfocused blur, a standing chill

That slows each impulse down to indecision.

Most things may never happen: this one will,

And realisation of it rages out

In furnace-fear when we are caught without

People or drink. Courage is no good:

It means not scaring others. Being brave

Lets no one off the grave.

Death is no different whined at than withstood.

Slowly light strengthens, and the room takes shape.

It stands plain as a wardrobe, what we know,

Have always known, know that we can't escape,

Yet can't accept. One side will have to go.

Meanwhile telephones crouch, getting ready to ring

In locked-up offices, and all the uncaring

Intricate rented world begins to rouse.

The sky is white as clay, with no sun.

Work has to be done.

Postmen like doctors go from house to house.

诗歌的题目所用 Aubade 一词来自法语，一般是用来描述清晨或者黎明的诗歌形式。这种形式起源于中世纪的法国，往往跟爱情有关，有喜有悲。约翰·邓恩、露易丝·博根等都运用过这种诗体。菲利普·拉金的这首《晨歌》，呈现给我们更多的却似乎是关于生命与死亡。

诗人描写了一个上班族，每日劳苦工作，夜里不得不靠酒精去麻痹神经，希望能够缓解生活的压力。当他睁开朦胧惺忪的睡眼，却感受到无名的恐惧，因为离死亡又近了一步(Unresting death)。这是多么令人沮丧的开篇！哲学大贤海德格尔在他的巨著《存在与时间》第四章中，提出了"向死而生"(或译为向死存在，英文为 being towards death)的概念。海德格尔说："死是一种此在(人)刚一存在就承担起来的去存在的方式。"他专门引用《波西米亚的耕夫》中的话，"刚一降生，人就立刻老得足以去死"。死亡是一种无法避免的趋势,无论你接受与否,不管你畏惧还是排斥,死亡就是这么实实在在地接近我们。《晨歌》中布满了对于死亡的描述。"where and when I shall myself die"(何时何地,我将如何丧命),这成了对自己无趣的问询(Arid interrogation),这足以让人惊恐万分(horrify)。往往人之将死,其言也善。濒临死亡的人会回想、忏悔、不舍或者沮丧:

The good not done, the love not given, time

Torn off unused

即便我们不愿意承认自己的绝望与懊悔(remorse),这份虚空(the total emptiness)终究是要来临的。死亡是必然的(sure extinction),虽然狰狞(terrible),但它的呈现方式更为真实(true)。一切规避死亡的企图,都是徒劳。没有长生不老的诀窍(No trick dispels)。死亡就是那么悄无声息,从无中来,到无中去。

no sight, no sound,

No touch or taste or smell, nothing to think with,

Nothing to love or link with,

面对不可战胜的死亡,我们无能为力(Courage is no good)。生命的终结,死亡的意象,开始展现。衣柜(wardrobe)、电话蜷伏(telephones crouch)、紧闭的办公室(locked-up offices)、苍白的天空(sky is white as clay)、邮递员(Postmen),似乎在大声地告诉我们,任何人都无法逃离坟墓(no one off the grave),死亡无所不同(Death is no different)。

但是,拉金又告诉我们,不管生死如何,工作还得完成(Work has to be done)。这是朴素的存在主义生死观。生活再怎样纷扰、无奈、荒诞、无厘头,死亡毕竟是不可阻挡的自然规律,也是哲学意义上的无限循环,要正确、冷静对待!海德格尔告诉我们:"随着死亡,此在也就'完成了它的行程'。"然后又发问:"究竟须在何种意义上把死理解为此在的结束?"海德格尔运用雨停了、面包用尽了的例子来说明:"结束的这些样式中没有一种可以恰当地标画作为此在之终结的死亡。……在死亡中,此在并未完成,也非简简单单地消失,更不曾就绪或作为上手事物颇可利用。"因此,在海德格尔看来:"死所意指的结束意味着的不是此在的存在到头,而是这一存在者的一种向终结存在。"他继续说道:"可见向死存在的意思并不是指'实现'死亡,那么向死存在也就不能是指'停留在终结的可能性中'。"

中国人对于生死也是有独到见解的。据《庄子·至乐》记载,庄子妻死,惠子吊之,庄子则方箕踞鼓盆而歌。惠子曰:"与人居,长子老身,死不哭亦足矣,又鼓盆而歌,不亦甚乎!"庄子曰:"不然。是其始死也,我独何能无概!然察其始而本无生,非徒无生也,而本无形,非徒无形也,而本无气。杂乎芒芴之间,变而有气,气变而有形,形变而有生,今又变而之死,是相与为春秋冬夏四时行也。人且偃然寝于巨室,而我噭噭然随而哭之,自以为不通乎命,故止也。"丧妻的日子,庄子居然高歌,有些出乎常理。面对友人的质疑,庄子却很是豁达。他认为从无到有、从气到形、从生到死,其周而复始就好比是一年四季更迭一般,属于再自然不过的规律罢了,为什么要哭哭啼啼,不通乎命呢?

这是朴素的死亡观。死亡,不需要过于沉湎、悲痛,同时也无用,因为它不可避免。"工作还得完成(Work has to be done)",所以,死亡"丝毫不能被等待"。我们的死期是"不可预测的、意想不到的",故此,对"我的死"也就无等待可言。(见段德智著《西方死亡哲学》,p.249)在萨特看来,海德格尔的"向死而生"是矛盾的。萨特强调:"死亡的本义恰恰就是:它总是能提前在这样或那样一个日子里突然出现在等待着它的人们面前。"因此,海德格尔的"向死而生"在萨特看来是充满着内在悖论的。死亡不是"此在最本己的、无所关联的可能性,它甚至也不是我们的可能性之一,它根本不属于'自为的本体论结构'。它只是'从外面'降到我们身上的、没有任何理由可言的、偶然的、荒谬的事实;因此,我们不可能等待它,甚至也不可能对它采取任何态度"(同上,p.250)。等与不等的忧郁,生与死的懵懵懂懂,尽在拉金的诗中呈现,因为我们谁都"无法逃离"。

拉金的诗,游离在死亡与对待死亡的等待之中。他的眼中,"房间显出了形状",因为光线在慢慢地"变强"。"突兀地站立"的房间,仿佛一个死气沉沉的"衣柜"。在生活中,读出了死亡的逼近;在死亡的狰狞氛围里,又凸显出了不可获取的美与希望。这也许是诗人拉金"向死而生"的最独特笔触了吧!

拉金的《道克瑞和儿子》

Dockery and Son

by Philip Larkin

'Dockery was junior to you,

Wasn't he?' said the Dean. 'His son's here now.'

Death—suited, visitant, I nod. 'And do

You keep in touch with—' Or remember how

Black-gowned, unbreakfasted, and still half-tight

We used to stand before that desk, to give

'Our version' of 'these incidents last night'?

I try the door of where I used to live:

Locked. The lawn spreads dazzlingly wide.

A known bell chimes. I catch my train, ignored.

Canal and clouds and colleges subside

Slowly from view. But Dockery, good Lord,

Anyone up today must have been born

In '43, when I was twenty-one.

If he was younger, did he get this son

At nineteen, twenty? Was he that withdrawn

High-collared public-schoolboy, sharing rooms

With Cartwright who was killed? Well, it just shows

How much… How little… Yawning, I suppose

I fell asleep, waking at the fumes

And furnace-glares of Sheffield, where I changed,

And ate an awful pie, and walked along

The platform to its end to see the ranged

Joining and parting lines reflect a strong

Unhindered moon. To have no son, no wife,

No house or land still seemed quite natural.

Only a numbness registered the shock

Of finding out how much had gone of life,

How widely from the others. Dockery, now:

Only nineteen, he must have taken stock

Of what he wanted, and been capable

Of… No, that's not the difference: rather, how

Convinced he was he should be added to!

Why did he think adding meant increase?

To me it was dilution. Where do these

Innate assumptions come from? Not from what

We think truest, or most want to do:
Those warp tight-shut, like doors. They're more a style
Our lives bring with them: habit for a while,
Suddenly they harden into all we've got

And how we got it; looked back on, they rear
Like sand-clouds, thick and close, embodying
For Dockery a son, for me nothing,
Nothing with all a son's harsh patronage.
Life is first boredom, then fear.
Whether or not we use it, it goes,
And leaves what something hidden from us chose,
And age, and then the only end of age.

《道克瑞和儿子》一诗，讲述了一个再平凡不过的大龄男人，回到学校参加葬礼。葬礼上的所见所闻，深深触动了他的心灵，引发了一连串的唠唠叨叨的故事。开篇就是诗人回到母校，系主任一番话，人家道克瑞比你还年轻，他儿子都在这里上学了。老主任继续追忆云云，诗人试图推开自己曾经住过的寝室大门，却发现已经上了锁。校园的一草一木，都还是那么熟悉。参观完后，诗人踏上了归途。列车上，诗人晕晕乎乎，满脑子想的都是那睡在自己上铺的兄弟，分给我烟抽的兄弟。他，比我小，就有了孩子,19岁还是20岁就当了爹(当年的他是多么的窝囊)?! 这次返校的葬礼，也是来缅怀同寝的兄弟卡特莱特。火车到站，诗人浑浑噩噩，吃点东西却食不知其味。满眼的铁轨、强光、烟雾，让诗人头晕目眩。心中充满了不忿：凭什么道克瑞都有了儿子，而我还是单身。迷迷茫茫的头脑所想，结束了本诗。

作为"愤怒一代"的代表诗人，拉金可谓在本诗中宣泄了自己的极度沮丧和不满。Jean Hartley 说："拉金的诗是把'抒情'和'不满'掺在了一起。"这不满的背后，是一种轻微的悲伤，更是一种哀歌。"生活开始是无趣，然后是恐惧"（Life is first boredom, then fear.）。生活中充满乏味，可以理解，毕竟不可能事事如愿；慢慢心生畏惧，因为不管我们是否能够过好生活，它总是要一点点离去（Whether or not we use it, it goes,）。我们能做的选择很有限，而且生命也是有期限的。这个期限的指示器就是年龄（age），直到生命最后一刻（the only end of age）戛然而止。这是拉金诗中对于死亡的又一次书写。

拉丁语 memento mori 意为凡人终有一死。青年拉金在"死亡诗歌"反面就做过许多尝试。比如，在《秋天》（Autumn）一诗中描写的死蝴蝶，还有著名的《上教堂》（Church Going）中的废弃的教堂，等等。

拉金对于死亡（死亡意象）的书写，除了表达"愤怒"，是否还充满"恐惧"（fear）？伊壁鸠鲁说："一切恶中最可怕的——死亡——对于我们是无足轻重的，因为我们存在时，死亡对于我们还没有来，而当死亡时，我们已经不存在了。因为死对于生者和死者都不相干。对于生者来说，死是不存在的，而死者本身根本就不存在了。"这是古人对于死的原始的辩证唯物观点。卡尔西在《人论》中认为，神话是关于不死的信仰。"在某种意义上，整个神话可以被解释为就是对死亡现象的坚定而顽强的否定。"（段德智，《西方死亡哲学》，p.45）

段德智先生对死亡在神话中的发展做了详细的梳理。例如，早期的原始人对于死亡的想象，便是基于神话的阐释。默多克在《与我们同代的原始人》中描述，月神原本让虱子去给人类送信，告诉人如果得神的眷顾可以不死。虱子走得慢，路上被腿脚伶俐的兔子赶上，兔子主动请缨给人类捎信，但是忘记了信的内容，把"像我死又在死中活一样，你也将死又在死中活"误传成"像我死又在死中腐坏一样"。结果月神大怒，把兔子的唇戳开，所以现在兔子是两瓣嘴。这反映了原始人对于死亡的认知，是神谕的误传。人本质上不想死，也期待着重生，所以幻想生命无有终结。人害怕死，也抗拒死，原因很简单，就是感受到了死亡的不可避免性。在《荷马史诗》中,阿基里斯说:"不要津津乐道地谈死,我哀求你,啊,著名的奥德修斯,依然待在世上吧!即使为奴为仆也比到脱离形体的幽灵王国里称王好得多!"(同上,p.52)

  对于死亡的规避,来源于对死亡的不可知性,更是出自对死亡的恐惧。针对死亡恐惧的治疗,将死亡推到了哲学的高度,也因此催生了对于死亡哲学的探索与思考。伊壁鸠鲁以"感觉及感触做依据",认为死亡是一种和我们毫不相干的事。"一切善恶吉凶都在感觉中,而死亡不过是感觉的丧失。"卢克莱修主张,"我们应当顺从自然的厄运"。他认为学习哲学才可以消除对死亡的恐惧,把握自然万物在永恒时间中生灭不已的规律,才能帮助我们释然。塞涅卡说:"一个人必须不断地想到死。"他大概是想告诉我们,只有这样直面方可让我们活得更加从容淡定。(同上,p.88-97)拉金大概就是这样的人,或者习惯这样去思维,才会把死亡反复在笔下践行。也许在他的脑海中,时时会发问:生还是死,这是一个问题!

拉金的《奇迹之年》

Annus Mirabilis

by Philip Larkin

Sexual intercourse began

In nineteen sixty-three

(Which was rather late for me) —

Between the end of the *Chatterley* ban

And the Beatles' first LP.

Up to then there'd only been

A sort of bargaining,

A wrangle for the ring,

A shame that started at sixteen

And spread to everything.

Then all at once the quarrel sank:

Everyone felt the same,

And every life became

A brilliant breaking of the bank,

A quite unlosable game.

So life was never better than

In nineteen sixty-three

(Though just too late for me)—

Between the end of the *Chatterley* ban

And the Beatles' first LP.

这首诗作于1967年6月16日,被收录在拉金的诗集《高窗》中。本诗的标题 *Annus Mirabilis* 是拉丁语,意思相当于英文中的"year of wonders"。17世纪英国著名诗人约翰·德莱顿(John Dryden)写出了同名诗歌,记录了1666年的伦敦大火。1666年9月某日夜,伦敦城的布丁巷(Pudding Lane)内一家面包店发生火灾,熊熊大火整整燃烧了三天,吞噬了八十多间教堂、四十多家公司以及一万多间民宅,毁掉了几乎整个城区。这是一场空前的灾难,死伤惨重。最后为了扑灭大火,据说国王查理二世不得不下令拆掉或者炸掉一部分民房以便开辟隔火带(firebreaks),阻止火势蔓延。这样的大悲剧,为何会用"奇迹"来形容呢?塞缪尔·约翰逊(Samuel Johnson)后来解释说,德莱顿是想表达多亏大火被及时扑灭,没有造成更大的伤害,因此这是一个奇迹。拉金使用这个词,也有自己的考量。

拉金在诗歌开篇就迫不及待交代一个他的"奇迹之年"——1963年。诗中的理由首先是这是他初尝禁果之年,因此美好难忘。(事实上,1963年拉金已经41岁了。虽然他自己在诗歌里承认懵懂初开得太晚了,但早在大学期间,拉金就有了风流韵事,因此不可能在不惑之年才有了初次交欢)其次,拉金陈述的理由是1963年有两个重要的时间点,即著名情色小说《查泰莱夫人的情人》解禁(end of *Lady Chatterley's Lover* ban)和披头士乐队首发唱片(the Beatles' first LP)。

众所周知,拉金的两大嗜好就是性与摇滚乐。《查泰莱夫人的情人》(*Lady*

Chatterley's Lover)是英国著名小说家、诗人劳伦斯(D. H. Lawrence)最后一部长篇小说。从出版伊始,它就因为其颇具争议的色情元素而成为禁书。据《查泰莱夫人的情人》的译者黑马回顾,"1960 年,企鹅出版社在劳伦斯逝世 30 周年之际推出《查泰莱夫人的情人》的全本",此事成了导火索,企鹅出版社因此被告上了法庭。1959 年的"淫秽出版条例"中的修订条款,阴差阳错地保护了《查泰莱夫人的情人》,也因此结束了对于此书长达 30 年的禁令。据说当时企鹅出版社给 300 位具有文学鉴定资格的专家写信请求出庭作证,得到了空前的支持率,就连文学大家爱德华·摩根·福斯特(E. M. Forster)都亲自出庭支持。《查泰莱夫人的情人》的解禁为后来该书巨大的文学价值的发掘奠定了坚实的基础。漫长的禁令,也许是对于大英帝国的颓废以及萎靡的一种隐喻。现代派的诗歌,就是在尝试打破这种桎梏局面,所以拉金也似乎在呐喊,这"来得太晚了"(rather late for me)。同时,1963 年也是英国流行音乐史上颇具意义的一年。这一年 3 月,披头士乐队(the Beatles)正式发布了他们的第一张黑胶唱片(LP:Long-Playing)。早先的胶木唱片是黑色的,故称为黑胶唱片。原来叫作 SP,就是 Standard-Playing,每分钟是 78 转。后来经过发展,每分钟达到 33 转,单面可录音 22 分钟左右,所以被称为 LP。披头士的第一张专辑 Please Please Me(《请取悦我》)成了英国流行音乐专辑榜的冠军,还创下了保持冠军位置长达 30 周的记录。专辑中的同名歌曲,表达了恋爱中的男女之情,对于拉金来说,不仅仅是满足了人们对"情欲"的渴求,而且暗示了对于旧传统的摒弃以及对新时代的迫切期许。

  在大时代的视角下,渺小的个体也可以感受奇迹般的生活变化。在那之前,一切都是索然无味("讨价还价"式的生活,a sort of bargaining)。婚姻也不那么美妙,充斥着喋喋不休与争吵(a wrangle for the ring)。"始于 16 岁而后传染至一切的羞耻感"(a shame that started at sixteen and spread to everything),终于在这个历史转折点消失了。两性之间的自由关系不再受到局限,奔放的自然的性与情不再是羞耻的禁忌。也正如拉金诗集中许多作品一样,毫无遮拦地描写对男女之间关系的感受,不是逃避和隐晦,而是拥抱与吟唱。所以禁书的解禁、摇滚的呐喊,成了对陈旧庸俗的过往的一种淋漓的喧嚣,道出了隐藏在心底深处的激情与呼唤。

  拉金的孩提时代,父母关系不睦。大人们之间不断的斗嘴成了家常便饭,这令他深恶痛绝。随着"奇迹"的来临,一切似乎都令人欢快不已。"然而争吵声突然就殆尽了"(Then all at once the quarrel sank),这里的"sank"一词,把吵架的嘈杂声像石头一样丢进水中进而沉没不见勾勒得栩栩如生。美好的起始是那么的显而易见,"人人都有一样的感觉"(Everyone felt the same),生活仿佛成了绝妙的"breaking of the bank"。"break of the bank"是个双关语,可以理解成"决堤",也可以理解成"代价不菲"。桑克把这句话译成"每一种生活都成为/一条灿烂而断裂的河岸,/一个完全没有输掉的游戏"。而阿九将其译成"每个生命都变成/一次漂亮的决堤,/一场输不起的游戏"。这里取决于对"unlosable"一词的理解。根据《柯林斯英语词典》的解释,"unlosable"是"(of a contest, election, game, etc) impossible to lose, or thought to be impossible to lose",即"不可能输掉或者人们认为绝不可能输掉的比赛、竞选等"。生活如果肯定"躺赢",就意味着有了某种超级福利或者强劲保障。那么"unlosable"就是因为有了"breaking of the bank"。按照这个思路,打破了的"bank"里必定蕴含着讨喜的东西才会让生命变得精彩。如果是大堤崩溃,洪水泄流,似乎不太像生活的转运。相反,如果是银行大开,金钱随风飘洒出来,这似乎倒很令人愉悦。不过"breaking and entering"(破门侵入罪)听起来很有罪恶感,不太合适。况且按照美国人口语中的"break the bank"理解为"cost too much",生活的代价太惨重,也不太像是好事。那么,是否可以把"bank"理解成小孩子的存钱罐(piggy bank),敲碎的一刹那,也就是见到阳光彩虹的时刻,即便是损失了那个完美的小玩意儿,但对于参与人生游戏的"我们"来讲,这场"game"也没有输家,大家都收获满满。这样的"bank","break"起来才够"brilliant"。开启美丽人生的库门,人人都是赢家! 当然,也可以把这句话中的"bank"和禁锢人们"七情六欲"的桎梏联系起来。打破这些传统的旧枷锁,自然会带来精彩的生命原动力释放，令人愉悦。从这个角度来审视，这还是一语双关！

所以，1963年，是拉金的"奇迹之年"，尽管来得晚了一些。但是这份美好，毕竟是人们共同的期盼与追求，因此弥足珍贵！

拉金的《钱》

Money

by Philip Larkin

Quarterly, is it, money reproaches me:
 "Why do you let me lie here wastefully?
I am all you never had of goods and sex.
 You could get them still by writing a few cheques."

So I look at others, what they do with theirs:
 They certainly don't keep it upstairs.
By now they've a second house and car and wife:
 Clearly money has something to do with life.

—In fact, they've a lot in common, if you enquire:
 You can't put off being young until you retire,
And however you bank your screw, the money you save
 Won't in the end buy you more than a shave.

I listen to money singing. It's like looking down

> From long french windows at a provincial town,
> The slums, the canal, the churches ornate and mad
> In the evening sun. It is intensely sad.

钱
文/菲利普·拉金

钱,每个季度,都在指责我:
"为什么让我躺在这儿白白浪费?
我是一切你从未拥有的东西和性,
支票一签就能得到。"
于是我看看别人,他们用钱做些什么:
当然不会把钱藏在楼上。
如今他们已有另外的房子、汽车和老婆:
很明显钱与生活有关
——事实上,它们诸多相像,假如你肯打探:
你没法将青春延迟到退休,
无论怎样把薪水存入银行,你攒下的钱
最终不过买一把剃刀。
我听见钱在歌唱。好像从偏野小镇的
长长的落地窗往下望,
夕阳里,贫民窟,下水道,
华美而疯迷的教堂。极度悲伤。

(舒丹丹 译)

Money(钱)是我们再熟悉不过的东西了。人可以为它疯狂,也可以对其不屑一顾。有的时候我们大肆贬低它带给我们的腐败和恶毒,但同时内心又无法抑制对它的崇拜与渴望。它既可以成为我们最好的朋友与亲人,带给我们幸福与快乐,也可以反目成为我们的仇敌,将我们推向无底的深渊。世俗的生活中,人们向往美好的生活,这种向往的实现与物质条件是分不开的。现实情况是,绝大部分人总是觉得最缺少的还是满足感。而钱,就成了衡量这一切的标准。

文人也是人,也要吃喝拉撒,也要与柴米油盐酱醋茶打交道。对于有追求的文人,比如说诗人,生活(生存)与钱是什么关系?钱对于他们的作品(比如诗)意味着什么?James Booth 在评价拉金的专著(*Philip Larkin:The Poet's Plight*)中,做了介绍。Robert Graves 说,"If there is no money in poetry neither is there poetry in money"。这句话说得很有哲理,有点"书中自有颜如玉""书中自有黄金屋"的意味。当然,讲话人意思是明确的,认为金钱不能用来衡量文学的价值,诗人要有傲骨,不为五斗米而折腰。《圣经》有云:"The love of money is the root of evil."中世纪的杰弗雷·乔叟也没忘在《坎特伯雷故事集》中提醒世人,"Radix malorum est cupiditas; Ad Thimotheum, sexto"。翻译成 love of money 也好,desire for earthly things 也罢,目的都是要强调是人过分追求钱财,贪恋金钱,而非金钱本身之过。所以,那句"金钱乃万恶之源"似乎不妥。

从词源角度来看,有人认为 money 一词来自古罗马神话中的朱诺(Juno)女神。她被称为 Monēta,即"警告者"(拉丁文词源为 monēre,指提醒、告诫)之意。传说外敌夜袭罗马,惊醒了天后朱诺神庙中的白鹅。罗马士兵被白鹅的鸣叫吵醒,奋勇抵抗,才避免了灾祸。人们认为是朱诺显灵,化身白鹅来拯救罗马,故此在修筑造币场(mint 与 money 同源)的时候,也要在朱诺神庙内选址,期望得到"警告者"的守护与保佑。

钱在拉金的这首同名诗中,被拟人化。"钱"张口大声斥责,为什么要让它英雄无用武之地!挣钱不是要花的吗,怎么你只知道把我搁置在银行里?有了我你就拥有了一切美好的东西(goods、sex)，你怎么就是不会花呢？

木讷的诗人看来真的不懂生活，需要向别人取经。于是他看看别人是怎么办的(look at others)。人家可不是把钱束之高阁，而是物尽其用，把金钱的力量发挥到极致。诗人由衷地感叹，这才是生活啊。这份美好的生活(life)很显然(clearly)是钱所赋予的！不过，具 Booth 考证，拉金对这种"生活"似乎也没有过分执着。诚如诗人早年间信中写道，"我最大的麻烦就是我已经没有什么欲望。生活是你应当知晓你需要什么并努力得到它。但是我不觉得我有什么渴求了"。那奇怪的是，诗人到底是如何来认识金钱的呢？

诗的第三段给出了答案。诗就是"钱"(they've a lot in common)。青春无法永驻，容颜终将老去。这种无法抗拒的规律，呼应着金钱的功用。"钱"和青春一样，是不能永恒的。无论如何囤积、积攒，它终将化成沧海一粟，价值不在！也许对于拉金来说，金钱的物质意义与精神意义是等价的(互换的)。就像 Booth 总结的，"金钱给予诗人的激励是一种隐喻式的敬畏。对他而言，金钱其实就是'一种诗'"。

我听见，金钱在唱歌。这样的沉吟，犹如已逝歌手阿桑专辑的主打歌《寂寞在唱歌》中所呈现的被寂寞感严重侵蚀的忧郁！拉金将听金钱歌唱比作从窗中俯望。贫民窟、下水道(也许是水道或运河)、残阳西下等意象，岂是一个"殇"(sad)字了得！诗歌的结尾设计十分巧妙。原本"French window"是我们所熟知的落地窗。落地窗就是为了尽量增加窗户的高度，使窗户直接固定在地板面上，以便扩大视野，完善采光。拉金此处将这个词前景化，故意用小写字母开头(french windows)，意义何在？这里是否犹如某些学者质疑的那样，是在着意凸显法国元素呢？拉金是想通过这种前景化的语言处理向法国前辈诗人致敬吗？比如，以"太阳"为例，仅在波德莱尔的《恶之花》中，就出现 63 次之多(据莱昂·波普的《恶之花》数据索引)。《恶之花》中的大都市巴黎，在波德莱尔笔下也变成了充满丑恶的阴暗空间，被社会抛弃的穷人、盲人、妓女，甚至不堪入目的横陈街头的女尸，充斥着肮脏的"恶"中的精神骚动。再比如,"运河"的意象,在《恶之花》中也有运用。"看那运河上,船儿入梦乡,流浪是它的爱好","——西下的太阳,把金衣紫裳盖住整座的城市,原野和运河"。如果上述猜想成立,那 canal 可能译为"运河"更为合适。教堂,庄严肃穆的地方,在拉金诗中,变得"金碧辉煌"(ornate)而又"疯狂"(mad)。这是对于金钱的"恶"之效果的展示,还是对行将湮灭的生命发出的惋叹?诗歌前面提到,"无论怎样把薪水存入银行,你攒下的钱最终不过买一把剃刀"。除了为把 save 和 shave 押韵之外,为什么最终的选择是一把刀片,这是否暗示着生命(生活)的终结?拉金在写 *Money* 这首诗的时候,是知天命之年。他深深地理解,无需怀疑(相当于 enquire),人终有一死(就仿佛 retire)。那么这一切围绕着 money 所做的思考,所过的生活,不就真的太令人感伤(intensely sad)了吗!

  The Beatles 在歌中唱,"For money can't buy me love"。的确,money can't buy us life!

拉金的《去》

Going

by Philip Larkin

There is an evening coming in

Across the fields, one never seen before,

That lights no lamps.

Silken it seems at a distance, yet

When it is drawn up over the knees and breast

It brings no comfort.

Where has the tree gone, that locked

Earth to the sky? What is under my hands,

That I cannot feel?

What loads my hands down?

夜已近

跨越旷野，前所未见，
没有灯火夜自黑。

遥望似锦缎，然
向上拉过膝盖再到胸膛
丝毫未有宽慰。

参天大树何所去？它曾连接着
天与地。我的双手下面又是什么，
让我难辨？

是什么重负禁锢了我的双手？

（付江涛　译）

拉金的这首小诗大约完成于 1946 年 2 月，最初收录在《在光的怀抱里》中，题目原本是《死亡之日》；后来又收入自己印的《二十首诗》(1951)里，再重刊于《受骗较少者》(1955)集子中。有人认为，拉金早期的诗歌，诗艺与内涵还不是很到位，更多的是偏浪漫主义色彩的作品（抑或对叶芝的粗糙模仿）。但是不得不承认，拉金的诗歌是有连续性的，为后期大众所公认的代表作打下了坚实的基础。他"在表现形式上，尽量减少夸张语言，从传统的韵律和严谨的诗歌风格中汲取养分"。针对创作的题材，拉金于"日常生活中寻找素材，写自己有真情实感的东西"（陈晞，2018:3）。他的诗被打上了"深沉"与"节制"的标签。

标题中的"go"一词，可以是"来"，也可以是"去"；可以是"走"，也可以是"行"。不管是什么，皆凸显了拉金的动态意识。陈晞老师的著作《城市漫游者的伦理足迹——论菲利普·拉金的诗歌》一书中，着重强调了作为"城市漫游者"的拉金的身份。"城市漫游者"一词,来自法语 flâneur 一词。Flâneur 在词典中被解释为"漫无目的又欣然喜悦地在城市中闲逛,观察生活与周遭的环境人"。据说 flâneur 一词在复辟王朝时期开始普遍使用,出自斯堪的纳维亚方言"flana",原意为"向左向右走"。在德国思想家瓦尔特·本雅明的著作《发达资本主义时代的抒情诗人——论波德莱尔》中,波德莱尔是 19 世纪商业高度发达的巴黎城市中的"漫游者"的代表。起初,他们可能都是一些"纨绔子弟",也就是说要有钱有时间才可以支撑他们这种"漫游"式的活法。他们衣着考究,独行独往,拥有独立的批判性的思维方式,对于眼前的种种过往有着置身事外的游离的观感。因为"衣食无忧",他们无需对谁卑躬屈膝;因为有充分的时间去体悟和玩味人间世故,他们更可以去捕捉城市之魂。他们"出没于稠人广众之中,游荡在城市的边缘;他们与政治或秩序格格不入,貌似终日闲逛,游手好闲,实则观察生活,并对生活和文学进行深刻反思,因此,他们行动上漫无目的的游荡也就成为精神的自由之旅"(陈晞,2018:13)。在这种意义上,拉金是符合"城市漫游者"的定义的。

生活在现代城市之中,人"来"人"往",带给我们的是对于生活的脚步的思索与憧憬。桑克将本诗题目译成了《开步走》,凸显了现代城市人的生活步伐。肖云华在其著作《菲利普·拉金文化策略研究》一书的封底页上,引用了 Going 这首诗。他的翻译是《逝》,充满着哲理性的诗意。只不过"逝"可能更加强调结果,表示事物已经逝去,有些物是人非的含义,更类似于"gone"这个词。"Going"则属于动词的进行式,也可理解成动名词,总之突出的还是过程。从"夜"的到来(coming in),展现了眼前的暗淡。深夜里的人,找不到指引他的灯火,这是造成无助的徘徊的"因"。遥望前路,见到了诱惑与吸引,但是未能给人带来丝丝慰藉(comfort)。这诗中的"it"究竟指什么,诗人说得很模糊。"it"究竟是指远处的景色与东西,还是说人生前路的目标与理想?是自然大地的神秘表征,还是缪斯女神的纤纤玉体?我们不得而知!但是有一点是明确的,诗句里吐露着郁闷与压抑,这种不适(discomfort)是来自观察者之眼的。在"漫游者"的漫游过程中,眼见心感所得,因此更加的真实。此时已经是喧嚣遏抑的当口,游走的诗人却依旧看到了"昏黑"与"压抑"。

诗,需要具体,才能更为生动。拉金选用了他诗歌里常见的意象"树"(tree)来具体化他的感受。"树"不见了,顶天立地的支柱没有了。这是很可怕的,更是很无奈的描述。"树"是生命力的象征,是生活的最为有力的支撑的化身。"树"的"逝去"(gone),多少有些出乎意料,也预示着"个人"天地的崩塌与失控。"树"去天地空,为后面实实在在的压力做好了铺垫。所以,"我"的双手倍感束缚,被桎梏压抑。失去"感觉"(feel)的生活,怎么可能舒适!因此,我们可以看到这首小诗中拉金所熟识的主题书写:荒凉、虚无、冷漠、孤独(肖云华,2017:140)。这也许恰恰呼应了小诗原本的题目《死亡之日》中的"逝"与"去"。

参考文献

1. 陈晞.城市漫游者的伦理足迹——论菲利普·拉金的诗歌[M].武汉:华中师范大学出版社,2018.

2. [英]菲利普·拉金,桑克译.菲利普·拉金诗选[M].石家庄:河北教育出版社,2003.

3. 肖云华.菲利普·拉金文化策略研究[M].广州:华南理工大学出版社,2017.

悖论诗学篇

埃兹拉·庞德的天堂诗学

"迷惘的一代"的作家当中,庞德是个举足轻重的人物。他所成就的不仅仅是帮助我们发现多位世界级文学大师,更是把自己的才华与学识发挥到了极致,充当了我们开启一个崭新时代的先锋。当然,挥之不去的还有他身上的阴影以及耻辱的标签。要理解这位文学巨匠,我们可以尝试着去总结和探索他所埋藏在思想深处的诗学理念。如果可能的话,我愿意将其称为庞德的天堂诗学(paradisical poetics)。

为了解开谜团,我们可以从读庞德的"天书"——《诗章》入手。以下是《诗章》的第一章:

Canto I

by Ezra Pound

And then went down to the ship,

Set keel to breakers, forth on the godly sea, and

We set up mast and sail on that swart ship,

Bore sheep aboard her, and our bodies also

Heavy with weeping, and winds from sternward

Bore us onward with bellying canvas,

Crice's this craft, the trim-coifed goddess.

Then sat we amidships, wind jamming the tiller,

Thus with stretched sail, we went over sea till day's end.

Sun to his slumber, shadows o'er all the ocean,

Came we then to the bounds of deepest water,

To the Kimmerian lands, and peopled cities

Covered with close-webbed mist, unpierced ever

With glitter of sun-rays

Nor with stars stretched, nor looking back from heaven

Swartest night stretched over wreteched men there.

The ocean flowing backward, came we then to the place

Aforesaid by Circe.

Here did they rites, Perimedes and Eurylochus,

And drawing sword from my hip

I dug the ell-square pitkin;

Poured we libations unto each the dead,

First mead and then sweet wine, water mixed with white flour

Then prayed I many a prayer to the sickly death's-heads;

As set in Ithaca, sterile bulls of the best

For sacrifice, heaping the pyre with goods,

A sheep to Tiresias only, black and a bell-sheep.

Dark blood flowed in the fosse,

Souls out of Erebus, cadaverous dead, of brides

Of youths and of the old who had borne much;

Souls stained with recent tears, girls tender,

Men many, mauled with bronze lance heads,

Battle spoil, bearing yet dreory arms,

These many crowded about me; with shouting,

Pallor upon me, cried to my men for more beasts;

Slaughtered the herds, sheep slain of bronze;

Poured ointment, cried to the gods,

To Pluto the strong, and praised Proserpine;

Unsheathed the narrow sword,

I sat to keep off the impetuous impotent dead,

Till I should hear Tiresias.

But first Elpenor came, our friend Elpenor,

Unburied, cast on the wide earth,

Limbs that we left in the house of Circe,

Unwept, unwrapped in the sepulchre, since toils urged other.

Pitiful spirit. And I cried in hurried speech:

"Elpenor, how art thou come to this dark coast?

"Cam'st thou afoot, outstripping seamen?"

And he in heavy speech:

"Ill fate and abundant wine. I slept in Crice's ingle.

"Going down the long ladder unguarded,

"I fell against the buttress,

"Shattered the nape-nerve, the soul sought Avernus.

"But thou, O King, I bid remember me, unwept, unburied,

"Heap up mine arms, be tomb by sea-bord, and inscribed:

"*A man of no fortune, and with a name to come.*

"And set my oar up, that I swung mid fellows."

And Anticlea came, whom I beat off, and then Tiresias Theban,

Holding his golden wand, knew me, and spoke first:

"A second time? why? man of ill star,

"Facing the sunless dead and this joyless region?

"Stand from the fosse, leave me my bloody bever

"For soothsay."

And I stepped back,

And he strong with the blood, said then: "Odysseus

"Shalt return through spiteful Neptune, over dark seas,

"Lose all companions." Then Anticlea came.

Lie quiet Divus. I mean, that is Andreas Divus,

In officina Wecheli, 1538, out of Homer.

And he sailed, by Sirens and thence outwards and away

And unto Crice.

Venerandam,

In the Cretan's phrase, with the golden crown, Aphrodite,

Cypri munimenta sortita est, mirthful, oricalchi, with golden

Girdle and breat bands, thou with dark eyelids

Bearing the golden bough of Argicidia. So that:

《诗章》第一章 [1]

埃兹拉·庞德

然后来到船上,

龙骨击打着浪花,在令人畏惧的海面上前行,

我们立起桅杆乘坐那黝黑的大船航行,

船上载着羊,同时也负担着我们的身体

沉重的船哀号着,来自船尾的风

鼓起船帆,猛推我们破浪前行,

这是喀耳刻女巫,系着头巾的精灵,施起的法术。

我们只能坐于船腹,劲风卡住了舵柄,

于是我们靠着满帆,漂流直至天黑。

太阳昏昏入睡,海面上布满了暗影,

我们也走到了深海的尽头,

这里是幽暗之地西米里,拥挤的城市

布满了细蛛网般的迷雾,近乎

密不透光,

看不见星辰,即便从天空

也望不见漆黑夜色下的凄惨人儿。

海水开始倒流,我们于是漂到了

女巫之前所言之地。

帕拉墨得斯和欧律洛克斯,他俩举行了祭奠仪式,

我从腰间拔出战剑

挖出平底的坑;

我们在每位殉职的船员身上泼洒鬯酒,

先是蜜酒然后醴酒,水中和着白面粉。

之后我为罹难逝者反复祈祷;

按照家乡伊萨卡岛的规矩,最好的阉牛作

祭礼,火葬柴堆前要积满祭品,

只能献给先知提瑞西阿斯一只羊,黑色的领头羊。

黑色的血流满护城河,

阴阳交界处的鬼魂尽出,死尸之魂灵,青年新妇

之灵,饱受沧桑老人之魂;

迩来沾泪之魂魄,纤弱女子,众多须眉,皆殒命于铜矛之下,

战死冤魂,依旧手持涎血兵刃,

他们将我团团围住;不住嚣嚷,

面如死灰,向我的手下嗥叫索要更多的祭祀牲畜;

宰杀羊群,铜矛屠羊;

涂抹香膏,对神祷告,

向冥王祈祷,向冥后赞唱;

细刃出鞘,

我坐定驱散躁动的孱羸野鬼,

只待先知提瑞西阿斯的召唤。

但是先来的却是埃尔佩诺尔,我们的朋友埃尔佩诺尔,

曝尸大地,

被我们遗留在女巫宫殿的埃尔佩诺尔的肢体散落一地,

尚未哀悼,也未入殓,只因他事羁绊。

可怜的孤魂。于是我匆忙问道:

"埃尔佩诺尔,汝安至此幽滨乎?

孰乃徒行尔,先于吾辈舟人乎?"

他沉重答曰：

"厄运缠身、贪杯误事。吾傍寝于女巫香炉。

下长阶之时不慎，

余绊拱壁之，

后颈攒裂，遂临冥府焉。

呜呼，然吾王陛下，但求尤记在下不曾置祭，亦未入土也，

集齐小人兵刃，葬临于滨，墓碑记曰：

某生即贫人，唯名欲流芳。

尚欲备吾橹，乃与吾辈勇士并驾哉。"

还有家母安提克勒亚也来凑热闹，被我赶跑，接着是先知提瑞西阿斯，

他手中握着开启冥界的金钥匙，认出了我，并先开口道：

"又是你？为什么？厄运的家伙，

复来坐视阴冷殁者、漠视忧悒处所不成？

离沟渠远点，别动我的酒

我说你听见没。"

我于是退后。

他充满血腥地接着说："奥德修斯

你想回家必然要斗过邪恶海神尼普顿，穿越黑霾大海，

所有伙伴全死光。"然后提克勒亚出现了。

安静点吧，狄乌斯。我指的是安德里斯·狄乌斯，

在1538年威彻理出版商的印刷厂里出版他翻译的荷马诗歌。

奥德修斯在海上航行，躲过了塞壬女海妖

驶向喀耳刻女巫。

令人肃然起敬，

用克里特岛人的话说,爱神阿佛洛狄,头戴金冠,
掌管着所有塞浦路斯山川,戴着耳环,欢乐不已,穿着
金腰带,束着金胸带,汝目光炯炯
手持弑希腊人之战胜利的金枝。故此:

(付江涛　译)

整首诗歌的基调是晦暗的,许多意象也是血淋淋的,除了佶屈聱牙的古语字词和经典的神话传说,这首诗歌整体给读者的印象似乎只是通往地狱的旅程,与书写天堂相去甚远。作为《诗章》的开篇之作,怎么理解它和天堂诗学的书写之间的联系呢?为了解答这个疑问,我们再来看看《诗章》的末尾。

Canto CXX

by Ezra Pound

I have tried to write paradise

Do not move
   Let the wind speak
      that is paradise.

Let the Gods forgive what I
      have made
Let those I love try to forgive
      what I have made.

这首小诗用词简单，读起来并不是很费力。诗章第一百二十章的这个篇目，最初出现在1970年的一篇日记中，1972年被选入New Directions版本的 *The Cantos* 里，后来经过若干次修订整理，在1981年版本里，被列入Notes for CXVII et sequens 中。

值得思考的是，既然是注释(notes)，及其以下(et sequens)中的一个小小的注解，是否意味着其地位和重要性的消解？还是诗人对于本篇作用与安排目的发生了转变？著名的庞德研究专家Ira B. Nadel指出：1. 是不是庞德对自己的政治错误内疚了(contrite end to a politically charged poem)？2. 庞德意识到自己的《诗章》存在无法做到结构连贯完整，而因此表示遗憾(failure to achieve a paradisical close of even fragmentary resolution to a work that questioned coherence)？3. 欧洲的文化走到尽头了(European culture come to an end)？如果说庞德已经意识到欧洲的文化出现了巨大的危机，急需某种解决方案，也是完全解释得通的。庞德在《诗章》第一百一十五章中说，"欧洲的思考已经停滞不前了"（and the European mind stops）。

不管怎么说，庞德在这首诗中，对于关键词"天堂"(paradise)可谓是着墨颇多。"书写天堂"(write paradise)、"乃天堂是也"(that is paradise)、"乞神见宥"(Let the Gods forgive)等表达，能够看得出庞德在对"天堂"做某种思考。当然，庞德笔下的这个"天堂"并不应当仅仅是狭义范围内的(仅限于神学意义上)"天堂"，而应该是一个多维度、多元素、多极化的信息综合体。结合庞德的生平、文学创作、政治理念、经济观点等，我们可以简单地将庞氏"天堂诗学"梳理成以下几个层面所构成的复杂钜阵构成体(matrix)：

其一，文人应该是彼此的守护天使(as a guardian angel from paradise)；

其二，《诗章》对于《神曲》的模仿；

其三，经济坚挺、稳定的天堂；

其四，孔圣人的思想天堂；

其五，历史中的治国天堂；

其六，文字（学）的天堂。

第一，谈谈文人相重的天堂塑造。庞德乐于助人是出了名的。大儒海明威曾经这样评价庞德，"So far we have Pound and the major poet devoting, say, one fifth of his time to poetry. With the rest of his time he tries to advance the fortunes, both material and artistic, of his friends. He defends them when they are attacked, he gets them into magazine and out of jail. He loans them money. He sells their pictures. He arranges concerts for them. He writes articles about them. He introduces them to wealthy women. He gets publishers to take their books. He sits up all night with them when they claim to be dying and he witnesses their wills. He advances them hospital expenses and dissuades them from suicide. And in the end a few of them refrain from knifing him at the first opportunity"。看得出来，说这番话海明威是动了真情的。庞德不惜牺牲个人宝贵的时间，从物质到精神全身心地帮助他的朋友们。他的朋友不许别人攻击，他的朋友作奸犯科了他会去营救，他的朋友的书画音乐作品他倾情推销，甚至朋友的恋爱婚姻庞德也要充当红娘。朋友想不开了，他要去劝解。友人大限将至，他也不辞辛劳，熬夜陪伴，帮忙起草遗嘱，等等。获得过庞德帮助的名人数不胜数。例如，James Joyce（*Ulysses* 是庞德推荐发表到 *The Little Review*）、T. S. Eliot（庞德帮助其大幅删减 *The Waste Land*，出版时 Eliot 称 Pound 为"最卓越的匠人"，庞德也亲切地称艾略特为"老负鼠"）、Robert Frost（Pound 帮助其出版）、W. B. Yeats（Pound 在 Stone Cottage 过冬时为其当秘书，两人成为忘年交）。庞德的异性人缘也颇好，与其保持密切关系的女性友人也大都有些名头，如 Hilda Doolittle（HD）、Corbin Henderson、Harriet Monroe、Ethel Moorehead 等。小提琴家 Olga Rudge 更是成了庞德的终生女友（庞德在 Canto LXVI 中将他们同居的小屋称作"隐蔽的爱巢"）。

第二，庞德写作《诗章》是出于对《神曲》的模仿。仅从名字上看，《神曲》（*Divina Commedia*）一共由一百个 canto 组成，庞德的《诗章》里也沿用了意大利语 canto 一词。庞德曾经透露过一个书写史诗的想法(a long epic poem about history that would become *The Cantos*)。早在 1910 年的时候,庞德就和钢琴家 Walter Morse Rummel 提到过这个宏伟的计划。1927 年,庞德又给他父亲写信,阐述了《诗章》的史诗框架(第一,活人下阴间;第二,历史重复;第三,"神秘瞬间")。这种构思与传统但丁史诗的《神曲》是有相似之处的,其对天堂的描述也是但丁式(Dantesque)的。

第三,庞德意欲构建理想的经济天堂。庞德认为马克思对货币本质的理解是不全面的。当然,庞德有自己的理由。庞德的父亲 Homer Pound,毕生都在美国铸币厂工作。有了这个天然的条件,父子之间茶余饭后的主题经常都是与钱有关的。庞德和父亲在这种氛围下,关于货币贬值以及政府过度发行公债券等进行过深入的争论与探讨。庞德的"反犹"观点以及对英格兰银行的强烈抵制等都与他的生活经历有关。庞德十分推崇经济学家 C. H. 道格拉斯的社会信用制度,认为货币流通是危机的症结。普通大众把辛苦节省的钱存进银行,这样生产商们的多余产品就无法销售。进而生产与货币之间的平衡打破了。而银行家(以犹太人居多)大量聚敛钱财用以发放高利贷,个人的利益与大众的平衡被破坏掉了。这种对聚敛钱财("合")的行为导致了庞德的仇犹心态,也成为他解释战争在所难免的理由。庞德对如何推翻这种"合"做了大量的思考,提出了自己的见解。他借鉴了小资产阶级社会主义的金融改革家西尔沃·格塞尔的观点,认为货币不是像黄金一样的稳定商品,而是政府根据国家生产力和需求关系所发行的随时调整的东西。要想彻底解决敛财("合")的问题,可以效仿奥地利沃格尔市的做法。在那里,格塞尔式的货币改革政策有效地阻挡了经济大萧条的入侵。1932 年,沃格尔市的市长昂特古根伯格决心消除该市 35%的失业人口。他发行了相当于奥地利 14000 先令的"邮章货币",这种邮章货币由当地银行储存着的同样数量的普通先令做担保。为了使这种"地方性通货"生效,每月需要在货币上盖一个邮章(即买"邮章货币"面值的 1%的邮票)。因为买邮票的成本是持有这种通货的使用者自己出费用,每个人都想迅速地消费掉"邮章货币",因此这自然而然地就为其他人提供了工作。两年以后,沃格尔成了奥地利实现全部就业的第一个城市。庞德认为依靠这种活跃经济的政策,至少可以保证货币不再成为高利贷的工具,自然"统一性"也就销声匿迹了。

在庞德看来,高利贷("犹")是摧毁人间天堂的罪魁祸首(参见 Canto XLV)。

Canto XLV

by Ezra Pound

With *Usura*

With usura hath no man a house of good stone

each block cut smooth and well fitting

that design might cover their face,

with usura

hath no man a painted paradise on his church wall

harpes et luz

or where virgin receiveth message

and halo projects from incision,

with usura

seeth no man Gonzaga his heirs and his concubines

no picture is made to endure nor to live with

but it is made to sell and sell quickly

with usura, sin against nature,

is thy bread ever more of stale rags

is thy bread dry as paper,

with no mountain wheat, no strong flour

with usura the line grows thick

with usura is no clear demarcation

and no man can find site for his dwelling.

Stonecutter is kept from his tone

weaver is kept from his loom

WITH USURA

wool comes not to market

sheep bringeth no gain with usura

Usura is a murrain, usura

blunteth the needle in the maid's hand

and stoppeth the spinner's cunning. Pietro Lombardo

came not by usura

Duccio came not by usura

nor Pier della Francesca; Zuan Bellin' not by usura

nor was "La Calunnia" painted.

Came not by usura Angelico; came not Ambrogio Praedis,

Came no church of cut stone signed: *Adamo me fecit*.

Not by usura St. Trophime

Not by usura Saint Hilaire,

Usura rusteth the chisel

It rusteth the craft and the craftsman

It gnaweth the thread in the loom

None learneth to weave gold in her pattern;

Azure hath a canker by usura; cramoisi is unbroidered

Emerald findeth no Memling

Usura slayeth the child in the womb

It stayeth the young man's courting

It hath brought palsey to bed, lyeth

between the young bride and her bridegroom

CONTRA NATURAM

They have brought whores for Eleusis

Corpses are set to banquet

at behest of usura.

N. B. Usury: A charge for the use of purchasing power, levied without regard to production; often without regard to the possibilities of production. (Hence the failure of the Medici bank.)

诗歌的大意是贬斥高利贷使得人间天堂崩塌。有了高利贷,就没有好石头砌的房子及教堂墙面上绘画的天堂、竖琴、灵光。有了高利贷,面包像破布烂絮,织工无法工作,羊毛无法上市,手艺失传。人们杀死子宫里的孩子,妓女进圣殿,僵尸入宴席,等等。所以,在庞德眼中,如果不进行经济改革,天堂岌岌可危。

第四,庞德有深深的中国情结,故此他的内心深处是向往中华圣贤的天堂盛世理念。庞德毫无掩饰,公开承认自己崇尚儒家理念,疏远基督教义。1917 年,庞德在 *The New Age* 上发表文章 *Provincialism the Enemy*, *II*。他在文中指出:"Confucius was a 'statesman' and 'a man of great genius, a minister high in the State and living to his full age'; Christ was only a 'profound philosophic genius … an intuitive, inexperienced man, dying before middle age' … a provincial genius, man of a subject nation, without the need, therefore of an ethics of government."从庞德的言辞中,不难看出孔圣人和耶稣基督在他心中的高下。庞德甚至还曾发出惊呼,认为倘若孔子的"悌"(fraternal deference)观传到西方,将会"终结基督教"(finish off Christianity)。庞德的观点未必正确,但是他对于中国历史文化的痴迷可以说是他心目中锻造"天堂"必不可少的元素。在庞德论述治国理政的历史典范时,他不惜篇幅,衷心赞扬了中国历史上的君王。*Cantos LII—LXXI* 是公认的 China Cantos 和 Adams Cantos。在"中国诗章"里,庞德将中国历史按年代顺序从头到尾梳理,从第一个皇帝写到满清政府。他认为儒教占统治地位时期的王朝最为兴盛(道教和佛教削弱了王朝的统治),执政最佳的皇帝是 Yong Tching(雍正)。在其后的"亚当斯诗章"里,庞德虽然是在歌颂 John Adams 总统,但是其核心还是认为亚当斯和中国的帝王是具有共性的,都致力于建立秩序(put order into things)。在 *Canto LXXXIV* 中,庞德高度评价亚当斯:

John Adams, the Brothers Adams
    there is our norm of spirit
our 中 chung
   whereto we may pay our
              homage

此处,使用了汉字"中"。庞德多次使用"中"字,并译"中庸"为 unwobbling pivot(不动摇的枢纽),以此来阐释其对于中国君主治理的认同。其目的在于呼应亚里士多德的 golden mean(黄金分割),达到至善、至仁、至诚、至道、至德、至圣的效果。

第五,庞德要建立的是"文字(诗学)的天堂"。Pound 从 Fenollosa 遗孀那里获取了书稿,如获至宝。整理出 *The Chinese Written Character as a Medium for Poetry* 一

文,并得出结论:"汉字是诗歌最好的媒介"。可见,庞德对于汉字的痴迷是不言而喻的。1940年,庞德致信乔治·萨塔耶那,提到了汉字"红"的构造:

红　　　樱桃

铁锈　火烈鸟

这个"红"字是庞德自己造的,中文里并不存在,但是我们能够清楚地看到庞德"意象并置"的主张在这个自造字中充分的体现。再比如,庞德在翻译《论语》的时候,主要依赖马修斯的《汉英词典》(*English Dictionary*,1931)和马礼逊的《汉语字典》(*A Dictionary of the Chinese Language in Three Parts*,1815—1823),并进行了创造性的"误读"。在翻译"学而时习之,不亦说乎"中的繁体字"習"时,庞德将它拆解成"羽"加"白",译文就成了"Study with the seasons winging past, is not this pleasant?",凸显了庞德创造性翻译的生动性。*Canto LIII* 中,

```
Tching prayed on the mountain and        新  hsin
         wrote MAKE IT NEW
on his bath tub 日 jih                    日  jih
         Day by day make it new
cut underbrush                            日  jih
pile the logs
keep it growing                           新  hsin
```

庞德讲述了商代君主汤的故事。汤在位24年,是时大旱,祷于桑林,以六事[2]自责,天亦触动,随即雨作。继而作诸器用之铭,曰:"苟日新,日日新,又日新。"以为警戒。对于这个信条,庞德铭记于心。1934年,庞德把"日日新"三个字印在领巾上,佩戴胸前,以提高自己的诗艺(pursuit of poesy paradise)。

了解了庞德"天堂诗学"的大体框架,我们再来看一看《诗章》的开篇之作。庞德怎样通过 *Canto I* 构造"天堂"呢？我们可以参照庞德提高诗艺的座右铭,"make it new"。《诗章》第一章开篇说道:

And then went down to the ship,

Set keel to breakers, forth on the godly sea, and

这是否符合英文的表达习惯呢？很显然，这是不太符合常规表达方式的。比如，"Who went down"没有交代主语（动作的执行者）。Keel 和 breakers 的前面是否需要冠词（the）？而且，forth 是个介词，它是用来修饰 keel 还是 breakers？考虑到上述因素，似乎诗句用下列方式写作更为妥当：

And then we went down to the ship,

Set the keel to the breakers, and sailed forth on the godly sea.

庞德用此种陌生化手段写诗的灵感可能来源于他对中文诗歌的直译。但是，这种做法可能造就了一种新的、简洁的语言（New Lean English）。例如，庞德是如此处理以下这句中国古诗的翻译的：

月　　耀　　如　　晴　　雪

Moon　Rays　Like　Pure　Snow

这种方法在庞德最著名的俳句小诗中体现得最为完美：

In a Station of the Metro

The apparition of these faces in the crowd;

Petals on a wet, black bough.

在回忆创作、修改这首诗时，庞德在 1914 年 9 月 1 日那一期的 *The Fortnightly Review* 上写了一篇题名为 *Vorticism* 的短文。文中说：

Three years ago in Paris I got out of a "metro" train at La Concorde, and saw suddenly a beautiful face, and then another and another, and then a beautiful child's face, and then another beautiful woman, and I tried all that day to find words for what this had meant to me, and I could not find any words that seemed to me worthy, or as lovely as that sudden emotion. And that evening, as I went home along the Rue Raynouard, I was still trying, and I found, suddenly, the expression. I do not mean that I found words, but there came an equation... not in speech, but in little spotches of colour. It was just that — a "pattern", or hardly a pattern, if by "pattern" you mean something with a "repeat" in it. But it was a word, the beginning, for me, of a language in colour. I do not mean that I was unfamiliar with the kindergarten stories about colours being like tones in music. I think that sort of thing is nonsense. If you try to make notes permanently correspond with particular colours, it is like tying narrow meanings to symbols.

That evening, in the Rue Raynouard, I realised quite vividly that if I were a painter, or if I had, often, that kind of emotion, or even if I had the energy to get paints and brushes and keep at it, I might found a new school of painting, of "non-representative" painting, a painting that would speak only by arrangements in colour.

庞德所呈现的是"等式",而不是简单的"字词"。这短短的两行诗,其中间也有结构上的"缺陷":

The apparition of these faces in the crowd;
(is like?) Petals on a wet, black bough.

和前面《诗章》第一章开头句一样,这种表达其实不中文化,不英文化,亦不日文化(和 haiku 也不尽相同),但是,这并不妨碍庞德将其发扬光大。我们可以理解为,庞德所追求的恐怕就是 bring out "some fundamental relation between" things。方法就是 juxtapose or superpose,和 ideogram 一样的意象叠加,产生旋涡力量。

我们再看一看《诗章》第一章的结尾部分：

Lie quiet Divus. I mean, that is, Andreas Divus,
In officina Wecheli, 1538, out of Homer. [3]

在奥德修斯游荡的故事叙述中，突然插入一段不着边际的话，而且还是外文（Medieval Latin）。这种"断裂式"（interplay 或 cross-reference，其实是注释）阅读（写作）手段是否是庞德建构其文（诗）学天堂的手段呢？笔者认为答案是肯定的。庞德使用这种手法，绝不是一时兴起，而是经过了深思熟虑。例如，在 Canto LXXIV 中：

Le Paradise n'est pas artificiel
  but spezzato apparently
it exists only in fragments unexpected excellent sausage,
  the smell of mint, for example,
Ladro the night cat;
天堂不是人造的
却显得支离破碎
它只存在支离破碎之中出乎意外的好香肠里，
薄荷的气息，比如说，
拉德罗这只夜猫；

Le Paradise n'est pas artificiel 这句话，在"比萨诗章"中前后一共出现过四次，可见其执着。我们可以这样来理解庞德的"天堂"，天堂＝碎片＝断裂感（fragmentation）＝组合碎片。针对这种庞氏对等理念，我们可以从他的言语中找到证据。比如，在1927年给父亲的一封信里，庞德透露了自己的诗章三部曲格式："恐怕这首诗很晦涩，全是碎片。我没有给过您主要内容的提纲或者类似的东西？"；在《希尔达之书》中，庞德把艺术家想象为"搜集碎片、一片也不遗漏"的人；庞德在《新世纪》中有一篇文章题目叫《我搜集奥斯里斯的四肢》(*I Gather the Limbs of Osiris*)。这里的"我"指的是伊希斯(Isis)[4]。伊希斯试图去搜集奥斯里斯零散的尸体碎片，并执意将其拼回原形。

透过《我搜集奥斯里斯的四肢》，可以看出，庞德的"美(天堂)"是困难的。庞德说："任何事实从某种意义上说，都是重要的。任何事实都可能是征兆的，但某些事实却能为人们观察周围环境，前因后果，秩序与规律，提供一种出人意料的洞察力。""我们在文化或文学发展史上，便接触到这种具有启发性的细节。"当然，这种近乎意识流式的碎片(细节)采集，势必会给阅读带来困难与障碍。审美(美)变得困难。笔者以为，这个"美"(beauty)可能就是庞德所寻觅的"天堂"。

《诗章》第一章的结尾还有一处十分显眼，就是以"so that"结尾。用该短语结尾，十分罕见。显然未完，有待续。从英语语法来看，"so that"既可以引导目的状语从句，也可以引导结果状语从句。此处的"so that"可能是庞德从 Robert Browning 的诗歌 *Sordello* 里借用过来的。因为 *Canto II* 开篇就说：

Hang it all, Robert Browning,

there can be but the one "Sordello".

But Sordello, and my Sordello?

Lo Sordels si fo di Mantovana.

《诗章》第一章开篇的"and then"，与结尾的"so that"从形式上来看，是首尾呼应的，暗示着期间的联系与贯通。当然，因为"天堂"的问题解决不了，所以(so that)要继续书写诗(天堂)，寻找答案。这两者的用法都近似 in medias res(直入主题)[5]。

进一步推理,我们似乎还可以考虑 canonization = paradization(经典化 = 天堂化)。这种建构式的(constructivist)现代性(modernist)手法,是否也可以视为一种重回(re-explore)经典的过程。即通过创造性翻译经典、推翻(解构)经典、重构经典,重释经典(canon),这才是"经典化"(canonization)的真谛。

当然,恐怕我们不得不承认,庞德的天堂是"令人困惑的"! 诚如庞德在 *Canto LXXIV* 中所说:

I don't know how humanity stands it
 with a painted paradise at the end of it
 without a painted paradise at the end of it

天堂到底能不能人为绘制出来?如果只是幻想出来的,又何必去追求"一场空"?如果无法人造,希望何在?我们的任务,就是要拨开迷雾,寻找答案。那么答案何在呢?还记得 *Canto I* 中底比斯城(Thebes)里的盲人先知提瑞西阿斯(Tiresias)吗?奥德修斯就是来找他占卜未来的。

Tiresias Theban,
Holding his golden wand, knew me, and spoke first:

这里的 golden wand 和本诗后面的 golden bough 是一样的,都是 key to the underworld,是赫尔墨斯(希腊名 Hermes,罗马名 Mercury)的节杖,上有双翼与二蛇。赫尔墨斯用他来召唤亡灵。希腊神话有说法,Tiresias 见到两蛇交配,用自己的棍子打死母蛇,结果变成了女人。七年后,他打死公蛇才变回男身。后来这个权杖落到赫尔墨斯手中,具有了魔力。它是神话中寻找通往 Hades 的钥匙,也就是逆向寻求诗中天堂的钥匙。如果非要回答庞德的"令人困惑的天堂"这个问题,找寻答案,笔者愿意尝试从 *Canto CXIII* 中去找答案,答案也比较明显:

Then a partridge-shaped cloud over dust storm.

The hells move in cycles,

　　No man can see his own end.

The Gods have not returned. "They have never left us."

　　They have not returned.

Cloud's processional and the air moves with their living.

让我们一起去书写自己心中的天堂!

注释

【1】我们现在看到的 *Canto I* 最早是在 1917 年 8 月刊 *Poetry* 上发表的 *Canto III* 的后半部分。1925 年庞德从 *Canto XVI* 中改编之后,成为现在看到的版本。其内容主要取自荷马(Homer)的诗歌 *Odyssey* 第十一章。特洛伊战争结束后,大家都返回希腊。只有奥德修斯依旧在海上漂流,寻找回家的路。家乡伊萨卡岛(Ithaca)是位于希腊西部爱奥尼亚海(Ionia)中的群岛当中的一个小岛,也是希腊神话《尤利西斯》(*Ulysses*)中的主人公的故乡。返乡途中,奥德修斯历经万难。他先是在艾尤岛上被女妖精 Circe 迷住,后来坠入阴间,等等。*Canto I* 所选取的故事源于《荷马史诗》中的 *Odyssey XI*,即讲述尼克亚(the Nekyia),地狱的通道,阴间的鬼魂经常会从此通道被召唤,给世人占卜未来。

【2】《荀子·大略》:"汤旱而祷曰:'政不节与?使民疾与?何以不雨至斯极也!宫室荣与?妇谒盛与?何以不雨至斯极也!苞苴行与?谗夫兴与?何以不雨

至斯极也！'"

【3】Andreas Divus：狄乌斯，文艺复兴时期学者，翻译过《奥德赛》。In officina Wecheli：Wechel 出版社，位于巴黎，出版狄乌斯译作。

【4】古埃及守护死者的女神，亦为生命与健康之神，也是婚姻的守护神，还为母性之神，她所支配的水之领域象征着代表生命之源的古老河流。她是奥塞里斯（Osiris）的妹妹，也是他的妻子，是努特（Nut，天空女神）和格伯（Geb，大地之神）的女儿。

【5】In medias res (Latin "in the midst of things"): the practice of beginning an epic or other narrative by plunging into a crucial situation that is part of a related chain of events; the situation is an extension of previous events and will be developed in later action. The narrative then goes directly forward, and exposition of earlier events is supplied by flashbacks.

埃兹拉·庞德的诗学悖论

埃兹拉·庞德是20世纪文学界的领军人物,也是现代主义文学先驱中最具争议性的人物之一。作为现代主义先锋,他领导了意象派运动、漩涡派运动,尽管历时短暂,却大大影响了文学艺术家们呈现作品的方式与方法。此外,庞德从不计较对方的社会地位、经济状况和名气,即便是对文学小卒也给予鼎力的支持与帮助。但凡是受到庞德资助的人[1]后来都声名鹊起,并与之维持终生的亲密关系。庞德既是文学家、经济学家,又是翻译家,毕生作品汗牛充栋,数不胜数。作为诗人的庞德格外值得我们去审视。早在1908年,庞德便开始公开发表自己的诗作,随后几年的高产作品为其在文学界奠定了位置。他最引人瞩目的著作当属长篇诗集《诗章》,这花费了他毕生的精力与心血。这部被庞德本人称为"杂布包"的诗集出了名的晦涩难懂,虽然被大众广为流传但并未被业界所认可,其中的"比萨诗章"也不过是得了个安慰奖而已[2]。庞德另外值得一提的身份是文艺批评家,他的文艺理论观充斥在其各类作品之中,其中包括《罗曼司精神》(1910)、《如何阅读》(1931)、《阅读ABC》(1934)及《文化指导》(1938)。虽然这些作品是独立完成,但或多或少都反映出庞德的文学理论观,包括庞德在一些杂志、报纸上发表的零散文论后来被大文豪艾略特搜集整理成《文学杂谈》,也正是在这部书中艾略特将"现代英语文学中最重要的'批评家'"这一桂冠赠予了庞德。然而,庞德一生从未能置身于政治、经济之外。如果想抛开庞德在二战期间的关于经济改革与政治立场的理论不谈,恐怕是十分困难的。庞德这些独特的(也可视为恶名昭著的)观点交织在庞德的作品当中,已经成为他诗学与美学不可分割的部分。他的反犹言论通过罗马电台大肆广播,其支持墨索里尼政权的行为也遭人唾弃,他最终为自己的错误言论付出了惨痛代价,背上了"叛国"的罪名,最后不得不假借"疯癫"的托词免于牢狱之灾,但还是在精神病院里度过了晚年的大部分时间;虽然后来经友人相助得以重见天日,但晚景甚是凄惨。

毫无疑问,这个曾经红极一时的大文豪毕生处于悖论之中,其文艺观也是悖论性的。庞德广博的学识以及繁杂的诗学理论体现在不同作品当中。公允地讲,读者很难通过阅读其某部或某几部作品来贯通他的文艺观,这就势必导致他的理论前后矛盾、颠三倒四。大部分读者均表示庞德的理论充满悖论、不成体系,然而也有不少文学家认为庞德的诗学体系乃是一种复杂的糅合体,属于一种特殊的悖论诗学。

有不少人挑剔庞德的写作技巧与形式,主要焦点是在主观与客观的对立之上。诚如琳达·萨里所言,"(庞德)语言的修辞充满了脆弱的感情辞藻……这样的文本绝对是有悖于庞德始终所谴责的客观性"(Surrey,1980:33)。在萨里看来,庞德的个人情感外露是庞德想甩开却始终无法克服的纰缪。她进一步批评庞德"因为在大量信件和评论中随意更改立场"而"为年轻一代作家制造了混淆"(Surrey,1980:39)。庞德的书信和评论为文学创作带来的贡献是有目共睹的,然而对比庞德的对立式论断的确让人大惑不解。詹姆斯·克莱蒙茨曾愤怒地谴责庞氏的"执拗",因为庞德"时常""故意"在"自然赋予人类的情感"的"直接和间接的呈现"上制造不可逾越的障碍(Surrey,1980:103)。在克莱蒙茨看来,庞德无法将诗歌的主观与客观贯通起来是一种罪过。拥有此类观点的大家还包括保罗·阚宁、瑞纳·露以及 S. 洛瑞。比较有趣的是亚瑟·林肯的评论。他一方面大肆赞扬庞德所倡导的"新,日日新"运动,另一方面又贬低庞德"压制诗歌的主观精髓"和"过分弘扬客观性"而不能"动脑做出决断"。鉴于庞德自己的含混表述,许多人都攻击他破坏了诗歌的清晰度和准确性。的确,依照庞德的论述,很难断定在处理诗歌创作与鉴赏时究竟该如何对待主观与客观要素。当然,也有相当一部分人持反对意见。拉尔夫·比华拉卡亚以为庞德诗学中分立主观性与客观性并无不妥。他坚称庞德既重主观,又重客观。庞德的意象"可以既是主观的,也(或)是客观的,而且均能满足诗人某一刻的需求"。在比华拉卡亚和其他人看来,庞德是个实实在在的文学家,人们不应该仅仅凭借对庞德理论表面现象的"简单印象"而下结论,而要"注意和谐运用对立词汇"来理解庞德诗歌深层的核心概念。庞德诗歌里运用的主观、客观措辞在比华拉卡亚他们看来是建构起"稳定的悖论系统",故此这个看似自相矛盾的"漩涡"绝非"矛盾"。认为庞德此种理论属恰当并置主客观因素的大有人在,包括露丝·雅克布、赫伯特·迈克尔、彼得·阿克拉德等。这些人把庞德主客观的摇摆不定视为"一个新的'文化哲学'中的根深蒂固的事实与情感的完美的团绕物或者综合体"。针对庞德的悖论之争远不止此。除了上述庞德的诗学主观、客观归属之外,许多学者对于庞德的"疯癫"经济学理论、政治立场及宗教观念也颇感兴趣。庞德的杂乱观念中的确能挑出太多有争议的悖论理念。

以宗教为例,庞德毋庸置疑是个彻头彻尾的反基督者。相反,对于中国的儒家文化,庞德爱不释手。对此,读者可以从《敌对的地方主义2》中找到证据:"孔子是个'政治家','绝顶天才,国家要臣','健康长寿';基督耶稣只不过是个'哲学天才……凭直觉,无经验的人,中年而逝……一个狭隘的天才,臣民王国的一员,因此便不需要政府的人'。"(Pound,1917:139)另一个证据可以参看庞德在1917年《新时代》杂志上发表的一篇无题文章,他说道:"孔子是个老练的人,他的哲学是个人、社会和政治行为的道德观念。而耶稣太年轻,被驱逐,故此估计很自我,于是只建立了灵魂以及来世说。如果孔子的'悌'的观念传入西方,恐怕早就把'基督教消灭了'。"(Cheadle,1997:18)通过庞德自己的言论可以清晰地看出他已远离基督教,并逐渐信服于中国古圣人孔夫子所倡导的道德观。庞德着重推崇孔子的个性主义和社会责任,准确地说,"尊重个性恰恰是庞德最初认为儒学中最重要的部分"(Cheadle,1997:17)。也正是庞德认定的这种推崇个性独立思考的行为将儒学与基督教划清了界限。

庞德反感基督教教义的事实也可以从庞德写给他父亲的亲笔信中得到求证。1923年,在家书中庞德写道,孔子的方式"从自身当中开始是绝妙的,恰恰和基督教相反……"(Cheadle,1997:17)。庞德亲孔(倡导突显个性)的举动可以理解为庞德青睐多元性、多样性,这与基督教教义中的统一性相悖。庞德对个性的向往也可以追溯到其上大学时光以及在伦敦的日子里所表现出来的奇特举动[3]。这些观点铸就了庞德的人生,也逐步融进他的思想,并最终铸造了他的写作风格。这也解释了为什么艾略特问他"庞德先生信仰什么"的时候,他回答说他只"信《大学》"(Eliot,1953:87)。令人不解的是,尽管看似庞德对"统一性"充满了敌意,但许多学者窥见了庞德在澄清自己集中思考方式时的矛盾行为,而这种矛盾贯穿了庞德的宗教观和政治理念。J.J.威廉发现,庞德宣称:"儒家的道德最合意,因为它无关乎遥不可及的空想和死后的假设,而是强调修身,齐家,然后治国。"(Wilhelm,1994:128)这种观点在庞德的作品中不断出现,他清晰地给我们展示了这样的意思:个人必须先从自身中找到"秩序","秩序"随后才能传遍社会、国家。这看似没什么大碍,可一旦我们将庞德遭人唾弃的支持墨索里尼政权的行为进行考量时,就弄不明白了。因为这仿佛说明庞德是反儒教的。从个人身上的"秩序"发展到扭曲的高度,即独裁式的"权威"。这样的"秩序"要求绝对的服从,苛求一种完全以个人意愿为核心的"统一性"。这种观念在庞德理念里的高度概括就成了为独裁者墨索里尼服务的工具。诚如特雷尔所言,如果读者对照一下庞德讥讽"有组织"宗教的论述和鞭挞"团结性"权威的论断,就不难看出庞德是自相矛盾的(Terrell,1993:85)。例如,在《第49诗章》中庞德写道:"不要只是因为天主教徒帮着定了历法就相信他们。"此外,钱德尔也表示庞德在儒教上找到认同感仅仅因为它的特征:"没有独裁和禁忌;没有例如上帝、教会或社会等外在权威强加在个人身上的统一的行为准则。"(Cheadle,1997:25)至此,庞德的政治、宗教悖论映入读者的眼帘,但是这还不是全部。

庞德悖论诗学的另一个体现领域在经济学方面。他的经济学观念与其臭名昭彰的反犹思想密切相关。正是庞德的经济观决定了他的反犹观，并给他带来了毕生的麻烦。根据蒂姆·莱德曼所说，庞德的反犹思想是从1911年到1912年春天开始滋生的（Redman，1991：17）。那时他正开始给A.R.奥林奇的《新时代》撰稿。这本杂志同情工人阶级，对一战中的牺牲及不公进行了强烈谴责："征兵却不征钱；牺牲性命却不牺牲利润。"（Redman，1991：23）那些为战争提供资助的吸血鬼银行家也成了被讨伐的对象。犹太人从事银行业已经有几千年的历史了，故此犹太人被定为攻击目标。庞德在此时则大力推介自己的"健康经济"理念，他决定动笔评论"一战末期伦敦的C.H.道格拉斯上校所倡导的乌托邦式社会信用制度"（Wilhelm，1994：4）。这是庞德首次阐述自己对集权式的中央银行的不满。金钱的"集中"（统一性），特别是犹太人的放债行为，引起了庞德的强烈不满。这样一来，庞德又回归了他原本唾弃的统一性，也加深了读者对庞德理论的矛盾性的反感。

不过庞德最为矛盾的地方出现在他的文学理论上。他的文学理论中的悖论时常让读者不知所云。正如埃施霍尔茨等人所说，"阅读庞德的文学创作，有时真让人摸不着头脑"。例如，在庞德自己的散文选集中，他总是主张突出多样性，即"友善地强调不同"（Cookson，1973：202）。显然，庞德认为人类生活的各个领域都存在强制的统一性，这严重阻碍了进步。为了消除这种害处，人们必须揭开抽象的聚合过程，以复合型的方式呈现独特个体的多样性。庞德认为这对于艺术、文学、文化再合适不过了。毕竟，一部好的作品如果没有良好的形式和顺序（理性的内容安排）恐怕是无法取得成功的。可是，听听富兰克林·雅各布的质问，"如果《诗章》像好的作品一样布局合理，又怎么会有这么多碎片呢？"，我们就不难找到破绽了。碎片式的《诗章》是庞德毕生的心血，可是很少有人能读懂它的结构的真正意图。庞德的支持者邓肯、W.莫里森认为庞德的《诗章》拥有一个独特的结构，即缝合碎片的连贯性。也有人对此提出反对意见，认为这种非理性的"碎片并置"既"无意义"又"不连贯"。

其实,庞德理论的内在冲突无论是集中在主观性与客观性的对立上,还是突显在统一性和多样性的矛盾上,都只是一种呈现形式而已。这种对立统一的形式贯穿庞德诗学理论的始终,因此这种悖论孰是孰非并不重要,关键是如何去阐释这种特殊的并置,如何去寻找贯通这种特殊并置的媒介物,这才是审视庞德悖论诗学的当务之急。

注释

【1】他们包括大名鼎鼎的 T. S. 艾略特、威廉姆·叶芝、詹姆斯·乔伊斯、罗伯特·弗罗斯特、海明威等。

【2】博林根诗歌奖(Bollingen Prize)。

【3】在大学期间,他手持一个金头手杖,有时头戴宽边帽,上面插着一根飘飘的羽毛(Tytell,1978:19)。他的这种奇特打扮目的可能在于吸引大家的注意力或者藐视美国各学派的狭隘思想。庞德的这种出格行为遭到同学们的厌烦。他的一位同学形容他为"一匹孤独的狼……一个害羞的梦想家,似乎没有什么朋友,也不想交什么朋友"。另一个同学说他"是个怪人,很容易上当,经常成为大家的笑柄"。(Tytell,1978:20)

参考文献

1. Eliot, T. S. ed. *Literary Essays of Ezra Pound*[M]. London: Faber and Faber, 1953.

2. Surrey, Linda. *Ezra Pound's Reflexions*[M]. London: NLB, 1980.

3. Pound, Ezra. "Provincialism the Enemy: II". *New Age*[J]. 1917, (06).

4. Cheadle, Mary Paterson. *Ezra Pound's Confucian Translations*[M]. Ann Arbor: The University of Michigan Press, 1997.

5. Wilhelm, J. J. *Ezra Pound: The Tragic Years* 1925-1972 [M]. Philadelphia:

The Pennsylvania State University Press, 1994.

6. Terrell, Carroll F. *A Companion to The Cantos of Ezra Pound*[M]. Berkeley: University of California Press, 1993.

7. Redman, Tim. *Ezra Pound and Italian Fascism*[M]. Cambridge: Cambridge University Press, 1991.

8. Cookson, William ed. *Selected Prose*, 1909-1965 [M]. London: Faber and Faber, 1973.

9. Jacob, Franklin. "Interview with Ezra Pound". *Boundary*[J]. 1967, (04).

10. Tytell, John. *Ezra Pound: The Solitary Volcano*[M]. New York: Doubleday, 1987.

主观与客观的诗学悖论

埃兹拉·庞德涉足文坛之初,曾试图回答威廉姆所提出的"诗艺最终成就"这一论题。他说:

一、按照我所见的事物来描绘;

二、美;

三、不带说教;

四、如果你重复几个人的话,只是为了说得更好或更满意那实在是个好的行为。彻底的创新,仍然是办不到。(Pound,1950:69)

这是庞德初次公开自己对维多利亚晚期诗风的深恶痛绝。

19世纪与20世纪交接的时期,到处弥漫着枯燥、机械的浪漫主义抒情诗,其特征是煽情、空洞与肤浅,颇有无病呻吟式的情感滥觞。当时仍旧有数目惊人的文人墨守成规,奉浪漫主义为金科玉律。诗歌在这一时期愈发颓废。在美洲大陆,随着艾米丽·迪金斯和瓦尔特·惠特曼两位大师的相继辞世,诗人们变得愈加亦步亦趋,毫无生气与创造力。在这种危机情形之下,反传统的庞德勇敢地站出来大肆批判"个人情感直白的卖弄"。他鼓吹"感觉"重于"感情"的主张,渲染对情感的"隐藏"而非"显露"。对照庞德"诗艺最终成就"主张中的第一和第三条,我们可以看出他推崇"客观"胜于"主观"。1912年,庞德起草了闻名于世的"意象主义宣言",他的亲"客观"意识变得更加显而易见。《一个意象主义者关于诗歌的几个禁忌》一文的发表催进了现代主义的诞生,这早已成为文学界的共识。在大文豪休姆的

"要求绝对精确的呈现,不要空话"的文学框架下,庞德召集了希尔达·杜利特尔和理查·德奥尔丁顿等人创建了意象派。在意象主义"三项原则中","直接呈现'事物',不管主观还是客观"被庞德列在了第一条(Whitworth,2010:44)。即便是"主观的"事物也必须要"客观"地处理,其强调"非主观性"的主张溢于言表。由此可见,庞德所倡导的是实实在在的"主""客"观对立与分离。然而,在庞德某些言论与作品中,却能看到大量的矛盾之处,"主观"和"客观"似乎变得模糊不清,不再具有他先前所流露的明显倾向。

比如,庞德对"艺术"的辨析就充满着诡异。一方面,他会认为"艺术"是特别的"个人"情感表达。举诗歌为例,诗的创作源泉是一种别致的"情感能量"(Pound,1953a:60)。无论以何种形式存在的诗歌都是由这种"情感能量"组成的结构。故此庞德选择了意象诗:并非平铺直叙式的纯粹描绘,而是充满着"情感"的表述。他还告诫诗人们"情感的力量产生意象"(Pound,1973:374)。同理,艺术的任何其他形式都是要完成传递创作者的"情感"的任务。用庞德的话说,艺术是"情感价值的表达"。而另一方面,他又强调艺术"意味着事实的真相。它(艺术)只呈现,不做评论"(Scott,1988:368)。因此在庞德的认识中,"艺术家"应该像"科学家"那样保持清醒的头脑,不偏不倚地去看待客观世界。这种科学式的艺术"并非是对生活的批评,[庞德]是指它不应涉及观点。它摆脱了理论。它不会试图给任何人对待任何人、任何事的方式所开脱"(Korn,1983:158)。

大多数评论家认为,"主观的作品即是赋予了作者本人个人体验与情感的文本"(阿伯拉姆,1987:230)。即在阅读一部文学作品的时候,读者可以清楚地"看"到作者的行为,"听"到他的声音,就连作者的想法也"尽收眼底";作者(无论他以何种叙事者的身份示人)是充分参与到文本之中的。以诗歌为例,读者读到"主观的"抒情诗中的"我"可以把他想成诗人自己或者诗中的抒情者。类似的例子有雪莱的《西风颂》、柯勒律治的《午夜霜》以及华兹华斯的《丁登寺》等大量抒情诗。至于庞德,尽管他毕生不懈地试图摆脱未经恰当处理就在诗歌中流露"个人情感",他本人却无法真正逃离这颇具吸引力的创作习惯。尤其在他早年的诗作中，主观呈现比比皆是。比如，在读《召唤》一诗的开头部分，读者不难看出作者是在公开地向一位他所仰慕的女士诉说衷肠，诗人个人的爱慕之情洋溢在字里行间。评论家对这首诗的经典阐释是庞德在追求 H. D. 杜利特尔，即他青年时代的梦中情人。诗中的自然描述，如"露珠""草叶"和"暮光"等完美的呈现标志着"甜美爱情"的感官，他们是诗人抒发情感的媒介物。庞德这一作者/叙述者的双重身份完全将这首浪漫抒情诗变成了倾诉情感的工具。

庞德题名为《徒劳》的另一首诗也是这类例子。诗的题目就相当"情绪直观"，直白透露着"空虚"与"无果"。"徒劳"预示着孤独的讲话者要在读者面前敞开心扉，跟大家分享他的内心情感：

我竭尽全力去教我的心

要谦逊，可惜那是徒劳；

我告诫他说："比你好的歌手到处都是"

可惜这是徒劳。（King，1977：27）

诗中的讲话者的"口吻"清晰可辨，情绪忧郁。开篇的气氛就是沮丧、阴暗。其实，伴随着庞德在诗歌领域的不断探索，他总是竭力营造唤起矛盾情感的能力。再审视一下他的《春天》一诗，在痛苦感与迷失感通过强行植入对立情感得以强化加深的时刻，庞德试图表达他的情绪感觉，即见到生机勃勃的春天时那份狂喜、雀跃。这种透过字词抒发情感的方式对抒情诗人再合适不过了。纵观全诗，庞德在与读者交流他全部的冲动与热情，这份矛盾的"主观"情绪有效地助他（讲话者）记录久违的"贵妇人"的经历。诗中的声音充满激情，但绝对是彻头彻尾的"主观"与"个人"。

即便是庞德在冷嘲热讽地大声疾呼时，"主观""个人"的特性依旧引人注目。在他的浮夸诗集《论争诗》中，庞德对时下盲目的读者大众进行了嘲弄，将他们比作从他身边逃跑的"怯懦婊子"，大声申斥了争夺读者群的低级"拉皮条"的批评家：

他们会被逼真所感动吗?

他们天真的蠢笨毫无诱惑力。

我请求你们,友好的批评家们,

千万别去拉客给我当观众。(Parini,2004:290)

字里行间可以读出庞德对"无辜"大众、"天真无邪"读者们的同情,也可以深深体会到他对令人误入歧途的"批评家们"充斥着强烈谴责。庞德"主观"的论调试图唤醒"狂乱的读者",他对批评家们"个人的"蔑视贯穿全诗。

然而庞德的作品也不乏凸显"客观"之作。阿伯拉姆解释道:"在客观的作品中,作者仿佛只对描述假想情节与人物以及他们的想法、感觉和举止感兴趣。采取超然态度的作者与他们保持距离、毫不相干。他从不做评论。"(阿伯拉姆,1987:230)实际上,在众多"非主观"文本中,作者往往躲在后面默不作声,文本是自己被自己叙述。这就造成了许多"非主观"作品中的叙述者(无所不在的主人公/作者本人)是虚构人物的现象。

其实,这在庞德看来早就是家常便饭。他靠从罗伯特·布朗宁那里学来的"戏剧独白"和"面具理论"技巧来满足这种客观"情结"。"面具"(Persona)这个词来源于拉丁文,最初指经典戏剧里演员们佩戴的面具,在现代文学理论中它常指第一人称叙事者"我"或者作品中的讲话人。抒情诗中主人公的声音常常是明晰可辨的,实际上,讲话者往往是戴着面具,通常是虚构故事中的人物,即为达到艺术效果而故意设计的人。所以我们要区分说话者和现实生活中的作者本人。布朗宁最著名的"面具"作品就是他的《我最后的公爵夫人》,其借助"我"之口向来访公使讲述关于公爵夫人的大量详细的故事。庞德继承了布朗宁这一技巧,并将其充分运用到自己的作品当中。庞德的一部诗集题名为《面具》,其中一首诗《马维尔》中便充斥着"面具":马维尔的阿努特、贝济耶子爵、阿拉贡阿方索四世等。通过《面具》诗集的历练,庞德的"面具"技巧得到了加强,用他自己的话说:"在追求'自我'的过程中,在追求真挚的'自我表达'时,人要去摸索,他会发现一些真实。他会说'我是'这个、那个或者其他什么,话还没出口,他便不再是那个事物了。我在这部叫《面具》的书中寻求着真实,彻底地撕毁着每首诗中自我的全部面具。我进行着一长串的翻译,但它只不过是更加复杂的面具。"(Xie,1999:91)

诚如评论家所说,背弃维多利亚诗风的庞德在他早期的创作中充分运用"面具"技巧来离间作者与诗作本身,其成效是颇为明显的。他的一首题为《少女》的诗更加充分阐明其对客观的向往,即通过他人之口传递自己对感知的表述。阅读此诗不难发现作者(活生生的人)或者叙述者奇迹般地幻化成了树,这引起了读者和作者双方极大的兴趣与注意力。庞德通过《少女》一诗简单、直接地呈现了一个奇特的变形过程。从少女的视角,庞德成功地记录了她(或他自己)的感受经历。一方面,"树"展示了对说话者心理经历的描写;另一方面,庞德完成了对惊奇感受和事件的"客观"陈述,避免夹杂任何"个人"的卷缠。

另一个有力的佐证是庞德的诗集《休·塞尔温·莫博利》中的虚构同名主人公,这个人物似乎并无法完全能够得到庞德的认同。莫博利是一个病态般自恋的废物艺术家。"莫博利"这个面具棱角分明、辛辣、好挖苦人,他与庞德似有几分相似。事实如此,1920年庞德在评价自己诗集中所出现的面具人物时,他特别强调莫博利"从某种意义上说就是'我';我的个性就像一大堆废矿渣一样必须从这(些)精华中剔除出去"(Lindberg-Seyersted,1982:42)。《休·塞尔温·莫博利》实际上是在"为艺术而艺术"信条备受挑战时期所发生事件的延续性解析;当时的时尚口号,用艾略特的话来说,是艺术要"能够满足社会用途"(Nadel,2001:55)。莫博利这张面具的确帮助庞德实现了作品的"客观"。在这场打击空洞元素(庞德称之为"主观的、情绪滑动"艺术)的战役中,庞德重申了他提倡"非主观的、密集的文学品质"。这种观点在他1918年发表的《回顾》中得到了回应:"我所期望见的十年后写的诗,我觉得,应该坚决抵制废话,它应该更坚硬更理智,他应该是休雷先生说的那种'贴近骨头'的东西。"(Pound,1953b:12)

其实,庞德的"面具"比比皆是。在他最著名的《诗章》中,面具人物更是来自五湖四海,跨越上下几千年,他们包括奥德修斯、布朗宁、荷马、孔子、奥维德、忽必烈汗、马拉太斯塔,等等,数不胜数。可以看出来,庞德的确对"非个人性"情有独钟,他一直试图"从主观的一代人中长大逃离",他也清醒地"意识到自我是通向感知的最大阻碍"。所以他把"我(I)"变成了"眼(eye)"(Reck,1967:193)。庞德近半数的作品都有面具的痕迹。面具的使用拉开了作者和诗之间的距离,这是他得以维持"客观"的主要手段。

鉴于上述分析,庞德似乎在"主观"和"客观"中摇摆不定。他的二分法强调极端,要么太"主观"要么太"客观",这给读者带来了巨大的困惑。那么,庞德的主客观悖论是否无法解决呢？其实,庞德的主客观悖论可以通过他自己的某些文学主张得以解决。在"一个意象主义者的几个'不'"当中,庞德提出了著名的"意象"这一概念:"即在瞬间呈现的某种智性和情感的综合物"(Duffey,1978:209)。此处的"综合物"这一概念很可能是受到心理学的启发。"综合物是决定意识表现的原因","我们可以把它看作精神领域的'物理力量'","这种'力量'只能在一定前提之下才能被激活";"一旦这种必要的刺激出现,综合物立即向意识产生作用。通常的结果是:属于综合物的一些意念、情感和行动信息就被反映到意识之中来"。从庞德对这一心理学概念的吸收来看,恰当的"意象"应该既有"智"之意又有"情"之力,而这两者皆是与主观性相呼应的。这样看来仿佛庞德再次陷进了主观的桎梏。

诚如前文所说,庞德理解的"艺术"是"个人情感的表达"。当然,这些情感是有限制的。所有个人"主观"情感的流露均需要经由客观世界的客观存在事物来"客观化"地呈现才能得以实现。诗人所借以表达"主观"情感的方式无法不依赖某一"客观"事物,而这一事物本身又是在某一情感瞬间才得以呈现在他脑海中的客观物。这恰恰印证了庞德的文学观。"正是这种'综合物'的瞬间呈现给予了即时的解放"(李平,2004:162)。这种观点在庞德的著名俳句短诗《在地铁车站》中得以充分运用。诗只有两行:

人群中那些脸孔幽灵般地闪现，

湿漉漉的黑色枝条上的许多花瓣。

庞德说："我找到了表达方式。并不是说我找到了一些文字，而是出现了一个方程式"；"不是用语言，而是用许多颜色小斑点"；"这种'一个意象的诗'，是一个叠加形式，即一个概念叠在另一个概念之上。我发现这对我为了摆脱那次在地铁上的情感所造成的困境很有用"（Pound, 1960: 86-89）。庞德阐释道："每个概念、每种情感，均以某些最原始的形式将自己在生动的意识中呈现出来"；基于这种理念，他不懈地试图要抓住"一个外部的客观的事物转化成或者突变成内部的主观的事物那精确的一瞬间"（Pound, 1974: 89）。原本是客观事物的"人群中那些脸孔"属于自然场景，但经过庞德大脑的智力感受过程便瞬间转化成了主观的东西，即"湿漉漉的黑色枝条上的许多花瓣"。这种转化实施的先决条件是诗人的睿智和敏捷才思。用庞德自己的话说："强烈的情感引发图案在头脑中形成——只要意识够强烈。"（Pound, 1973: 374）由此可见，庞德的主客观鸿沟是仰仗"意象"这个法宝来跨越的。在他看来，有效完成两极的对立统一恰恰是诗人不可推卸的任务。受到强烈的个人情感驱使，诗人必须致力完整地呈现"可以感知的现实"（Pound, 1953: 54）。

其实庞德主客观的对立统一也可以从艾略特的"客观对应物"理论中找到呼应。1919年，艾略特在《哈姆雷特及其他题目》中发明了"客观对应物"这个说法。这个短语很快流行一时，受到文人的青睐，因为它符合当时抗拒模糊、个人情感过度直白宣泄的诗风。在艾略特看来："在艺术形式中唯一表现情绪的途径是寻找'客观对应物'，即一套事物，一种形势，一串事件，它们是你想表现的那种特殊情绪的公式；只要这类东西一出现［……］那种情绪也就引发了。"（阿伯拉姆，1987: 301）诚如艾略特所言，寻求"客观对应物"就是寻找"内在头脑状态的外在等价物；所以，任何物体、场景、事件或者情形，作为反对直接主观表达的方式，可以替代或者引发某种特殊的情绪或情感"(Baldick,1975:154)。显然,艾略特试图使传统的"主观性"特性与"客观"相符合,其目的是迎合现代诗清晰明了、直白陈述的要求。但是我们应该清醒地知道,根本没有这样所谓的一个"公式"可以将"事物"与"情感"等同起来,所谓的"等式"只不过是诗人头脑中的幻象,且注定要烙下个人情感的烙印。然而,庞德与艾略特所迷恋的主客观悖论恰恰体现了他们偏爱精确的诗歌意象,即自然中存在的能够引发个人情感的客观物。这符合庞德和艾略特对19世纪浪漫抒情诗所流露的暧昧情绪持批判态度的事实。所以,庞德的"意象"是双面性的(犹如左右双箭头),既有"主观"又有"客观"。在形式上,它更加类似休·肯纳提出的"向量",即包含想象的现象等价物。

早在艾略特提出"客观对应物"理论之前,庞德就声称诗是"一种受灵感启发的数学,它释放情感,而非抽象的数字","而是人类情感"(Pound,1968:14)。庞德视"非个人表现"与"个人表达"为一体的做法可能或多或少影响了艾略特"客观对应物"的看法,这是不争的事实。毕竟,庞德所追求的"等式"(即艾略特的"公式")可以在对客观实体做"客观"描述时呈现出"主观"的情感。从这种意义上说,庞德的主客观界限已经是相当模糊了。最后,我们援引 I. A. 理查兹的话为庞德主客观对立统一做总结性的辩护:"说我们是非个人的(impersonal)只不过是一种变相说我们的个性更加完整地涉及进来的奇怪的说法。"(Richards,1956:231)庞德的主客观对立并非是自相矛盾,而实在是一种对立统一的矛盾综合体。他的主观与客观之间的悖论是完全可以得到合理的阐释与理解的。

参考文献

1. Baldick, Chris ed. *Oxford Concise Dictionary of Literary Terms*[K]. Shanghai: Foreign Language Education Press, 1975.

2. Duffey, Bernard. *Poetry in America Expression and Its Values in the Times of Bryant, Whitman, and Pound*[M]. Durham: Duke University Press, 1978.

3. King, Michael John ed. *Collected Early Poems of Ezra Pound*[M]. London: Faber and Faber, 1977.

4. Korn, Marianne. *Ezra Pound, Purpose, Form, Meaning*[M]. London: Middlesex Polytechnic Press, 1983.

5. Lindberg-Seyersted, Brita ed. *Pound/Ford*[M]. New York: New Directions, 1982.

6. Nadel, Ira B. ed. *The Cambridge Companion to Ezra Pound*[M]. Shanghai: Shanghai Foreign Language Education Press, 2001.

7. Parini, Jay and Brett C. Millier. *The Columbia History of American Poetry*[M]. Beijing: Foreign Language Teaching and Research Press, 2004.

8. Pound, Ezra. Paige, D. D. ed. *The Selected Letters of Ezra Pound 1907–1941*[M]. London: Faber and Faber, 1950.

9. Pound, Ezra. Eliot, T. S. ed. The Teacher's Mission[C]. *Literary Essays of Ezra Pound*. London: Faber and Faber, 1953a.

10. Pound, Ezra. Eliot, T. S. ed. A Retrospect[C]. *Literary Essays of Ezra Pound*. London: Faber and Faber, 1953b.

11. Pound, Ezra. *A Memoir of Gaudier-Brzeska*[M]. London: New Directions, 1960.

12. Pound, Ezra. *The Spirit of Romance*[M]. New York: New Directions, 1968.

13. Pound, Ezra. Cookson, William ed. Affirmations—As for Imagism[C]. *Selected Prose, 1909–1965*. London: Faber and Faber, 1973.

14. Pound, Ezra. *Pavannes and Divagations*[M]. New York: New Directions, 1974.

15. Reck, Michael. *Ezra Pound: A Close-Up*[M]. New York: New Directions, 1967.

16. Richards, I. A. *Practical Criticism: A Study of Literary Judgment*[M]. New York: Harcourt Brace, 1956.

17. Scott, Thomas L. et al. ed. *Pound/The Little Review: The Letters of Ezra Pound to Margaret Anderson*[M]. New York: New Directions, 1988.

18. Whitworth, Michael H. *Reading Modernist Poetry*[M]. West Sussex: Wiley-Blackwell, 2010.

19. Xie, Ming. *Ezra Pound and the Appropriation of Chinese Poetry—Cathay, Translation and Imagism*[M]. New York: Garland Publishers, Inc., 1999.

20. M. H. 阿伯拉姆. 简明外国文学词典[K]. 曾忠禄,等译. 长沙:湖南人民出版社,1987.

21. 李平. 西方人眼中的东方文学艺术[M]. 上海:上海教育出版社,2004.

"合"与"散"的诗学悖论

作为前卫派的领军人物,庞德对现代主义的诞生功不可没,这被他自己视为诗人的分内之事。然而这是一个复杂的时代,处处充斥着繁复的碎片与断裂,可以说这个时代本身就是一个最大的悖论。增熵、紊乱的大环境使得许多卷入"日日新"运动的英才不知所措,走进离奇的、矛盾的死胡同中。庞德本人也不例外;穷其一生、备受争议。无论是审视庞德的文学创作理论观念,还是探讨其颇具戏剧性的政治、经济理念,都不难发现盘根错节的有形与无形之间的对抗,单一与多样的冲突。那么,如何来理解庞德这种悖论式的观点就成了化解"合""散"悖论的关键。接下来让我们从若干层面来寻找这种诗学矛盾化解的契机。

首先来分析一下他的文学理念。庞德的名著《诗章》是一个包罗万象的有机体,想要走进他的"诗章"迷宫绝非易事。它对读者的语言功力要求颇高。即便是谙熟(古)英文的人,还要了解当代的插科、打诨以及各种口头禅。更令人头痛的是文本中时时穿插的德、法、意、中、希腊、拉丁等二十多种语言文字。这种大伤脑筋的阅读任务令大众叫苦不迭。就连著名刊物《诗歌》的主编哈里特·门罗都说:"我读了两三页埃兹拉的《诗章》然后就病了——毫无疑问它就是病因。从此以后我再没有脑力去读它了。"(Nadel,2001:5)由此可见,它对普通读者的挑战是巨大的。《诗章》疏远了与大众的距离的另一个原因是由庞德所选"主题"和"内容"造成的。它就仿佛一个万花筒,其间涵盖着无数的历史、文化、人物、习俗等。东西方的神话典故荟萃,跨时空跨地域的文人骚客汇聚一堂。战争、典籍、音乐所有多元的因素掺杂在一起,组成了一幅充斥着碎片的史诗巨篇。不得不承认,若要大众接受《诗章》实属难事。有评论家称其为"一堆活动的裂片"(Beckett,1974:64),甚至说它是"毫无统一主题的怀旧蒙太奇,多种体裁糅合的冒险传奇"(Hartman,1970:358)。究竟庞德如此这般的创作意图何在?是否《诗章》就是无形无实的"散"文汇集呢?庞德自己在《诗章》中说道:"我无法使它连贯紧凑"(Pound,1975:796)。这读起来颇像庞德在为自己史诗的连贯性上的失败而懊恼,由此推断早在动笔之前庞德应该就已经制定了一个稳固的"形式"以便于贯穿全文。在1927年给父亲的一封信中,庞德透露了自己的三部曲格式:"恐怕这首诗很晦涩,全是碎片。我没有给过您主要内容的提纲或者类似的东西。"(Pound,1950:210)这说明尽管庞德未能成功地制造出所谓的"形式",但他从未停止过这种追寻。形式所散发的美对于庞德来说就在于良好的"秩序",而艺术本身的功用即是"将事物合并成整体"(Schafer,1977:98)。早在庞德文学旅程初始就怀揣着这种信念,在《希尔达之书》中,他把艺术家想象为"搜集碎片、一片也不遗漏"(Doolittle,1979:71)的人。也正是通过这种方式,庞德视艺术为"聚合"碎片、组成"形式"的过程。此外,他在《新世纪》中有一篇文章题目叫《我搜集奥斯里斯的四肢》。这里的"我"指的是伊希斯,正是她试图去搜集奥斯里斯零散的尸体碎片,并执意将其拼回原形。透过这种对"合"的迷恋,不难理解庞德在开始史诗《诗章》写作前对"形式"的深思。然而,如果仅仅认为庞德钟情"合",那就未免有失公允了。其实他常常把"装碎布的袋子"这句话挂在嘴边。他自己曾经说:"我就是个装碎布的袋子,看到了不少,记下了不少,可我不会为了某种模式而打压生活。"(Pound,1974:102)这句话说明庞德对《诗章》的预期形式毫无头绪,只不过是找到一些零散的碎片"拼凑"而已。这一点在他给诗人赫伯特·克里克莫尔的信件中展露无遗:"至于《诗章》的形式,我只能说或者祈祷:等写完了再看吧。我的意思是等写完了再说,如果到时候还看不出来,那我就加注释。"(Pound,1950:323)事实如此,《诗章》既不具备完整的情节,也没有中心主题,如此松散的并置结构根本不足以包容这么繁杂的碎片,并且从传统定义的角度考虑,也不符合"史诗"[1]的结构要求。

其次,我们来审视一下庞德的宗教观。庞德一向憎恶一神论,故此其对基督教十分腻烦。他对于基督教以及其他制度化的宗教均怀有敌意。在评价阿伦·厄普沃德作品时,庞德说道:"所有的国立教会都有失礼仪风雅,它们就像中世纪末僧侣的便便大腹一般令人生厌。"(Cookson,1973:410)于是庞德主动寻找替代物,最终选定了儒教。在给父亲的信中,庞德大肆歌颂孔子,说他比圣保罗好得多。庞德憎恨一神论,因为它强迫人们遵循统一的制度,抹杀了人性。而儒学的"兄友弟恭"思想强烈地吸引了他。与一神论相悖,孔夫子强调"个性"的价值。在《诗章》第十三章中,孔子第一次露面,伴随他的是弟子求、赤和说话细声细气的点。尽管穷困潦倒,默默无闻,孔子还是假设有王侯来请教问题,让学生们作答。当时弟子们的答案不一[2],这充分显示了孔夫子在教导门徒时倡导独立思维。在曾皙询问谁的作答正确时,孔子答道:"他们都答对了,也就是说,各自遵照各自的天性。"(Pound,1975:58)孔子的答案彰显了人性,冲破了一神论独裁压制的羁绊,这也正是时下以人为本、和谐社会所体现的民主意识。可以说庞德就是在儒家思想中找到了化解单一与多元尴尬的妙法,在中华文化中找到了治愈妙方。

再次,庞德的政治观点也值得我们剖析。从孔子那里,庞德学会了统治者应先治其身再治天下。庞德认为,这里的"治"即是规矩、秩序,是一种强调统一性的行为。庞德眼中的墨索里尼是个明君,他认为"领袖不会与暴君和权利挚爱者为伍,只会与'治'者同在"(Pound,1970:128)。可惜这种观点被庞德误用,放在了墨索里尼的身上。他错就错在过于强调个人的"治",而将其凌驾于他人之上,这样极其容易误入歧途,从而强制大众随从。这便导致后来他误以为法西斯政权是良好秩序的"治"。想要理解庞德这种前后矛盾的心理不太容易。如果他真像前文所说极力反对一神论(即高度统一的制度化),那么他后期的法西斯倾向就不应该发生。那么导致这种戏剧性结果的最大可能即庞德孜孜不倦追寻的"个人性",为了能够实现这个梦想,他不惜一切代价。如其所言:"基本上,我对'政治'不感兴趣,我只在意文明。我不管谁来收税,谁来维持治安。人性是个体的集合,不是整体切割成的独立单位。唯一重要的事便是什么能使个人生活更有趣。"(Cookson,1973:199-200)到此读者便不难理解庞德的尴尬了,说到底就是他太不顾一切地要维护"个性"所致。为此,他付出了巨大代价。蒙蔽的事实使他误以为墨索里尼才是真正的"艺术家",陷入了"聚"与"散"的混沌漩涡。

最后,是庞德的经济观。庞德十分推崇经济学家C.H.道格拉斯的社会信用制度,认为货币流通是危机的症结。普通大众把辛苦节省的钱存进银行,这样一来生产商们的多余产品就无法销售。生产与货币之间的平衡被打破了。而银行家(以犹太人居多)大量聚敛钱财用以发放高利贷,个人的利益与大众的利益平衡破坏掉了。这种对聚敛钱财("合")的行为导致了庞德的仇犹心态,也成为他解释战争在所难免的理由。庞德对如何推翻这种"合"做了大量的思考,提出了自己的见解。他借鉴了小资产阶级社会主义的金融改革家西尔沃·格塞尔的观点,认为货币不是像黄金一样的稳定商品,而是政府根据国家生产力和需求关系所发行的随时调整的东西。要想彻底解决敛财("合")的问题,可以效仿奥地利沃格尔市的做法。(详见本书第55-56页)这种做法在庞德看来,是有利于消解"合"的强大杀伤力的。

纵观以上各个侧面,不得不承认,庞德的"合""散"冲突贯穿于他生活、思想当中。如何来理解这种对立?是他的概念混淆不清,还是另有蹊跷。也许通过对庞德的文学实践观的透视可以帮助我们来化解这个难题。庞德对"合"的排斥很可能开始于其修订东方学者芬诺洛萨的文稿。通过整理芬诺洛萨遗孀送来的遗稿,庞德对汉字产生了巨大的兴趣,并整理出版了《作为诗歌手段的中国文字》一书。在这本书中,庞德吐露了自己对汉字这种表意图形文字的惊叹,认为它是诗歌最好的媒介。实际上对表意图形文字的解释有助于我们揭开庞德的悖论之谜。1940年,庞德致信乔治·萨塔耶那,期间提到了汉字"红"的构造:

"红　　樱桃

铁锈 火烈鸟"(Pound,1950:33)[3]

　　几个部分(部首)共同组成的,具有实在意象的"红"字充满着诗意,既符合了庞德意象的追求,又体现了"个体"(零散碎片)的并置("合")。在庞德眼中,汉字是自然文字,绝对杜绝抽象,是实实在在的。汉字中所有的意象叠加(从"散"到"合"的过程),既保证了所有全异因素的个体多样性,又通过有"秩序"的结构形式体现了完整、连贯的意义。换句话说,庞德通过表意图形文字建立的"合"体并没有以牺牲零"散"个体的多元性为代价,而是更好地完善了它们,保留了原意。这究竟是庞德的本意所在,还是我们的臆断,恐怕目前无法定论。但可以肯定的是,庞德的文字观与他各种思想是融会贯通的。文字作为写作和语言的主要媒介,在庞德看来,和货币一样是某种写作形式。庞德推崇福楼拜的"le mot juste"(合理的措辞),即英文中的"just word"。同理,在经济上,庞德追寻的也是"just price"(合理的价格)。正如安德鲁·帕克在《埃兹拉·庞德和反犹太主义经济》中提到的那样,庞德所憎恨的"犹"实际上就是"糟糕的写作"。故此,"合"还是"散",这个诗学上的悖论,对于庞德而言,早已不再是个问题!

注释

【1】"史诗"是一种庄严的文学体裁,内容为民间传说或歌颂英雄功绩的长篇叙事诗。而在《诗章》中,缺乏清晰的主题和无所不在的叙事者。

【2】子路回答说:"我想要整顿防务。"求说:"如果我是一地之主,我将把它治理得比现在更好。"(即注重人民生活安康)赤则说:"我更喜欢有座小小的山庙,整肃礼仪,让祭祀恰如其分地举行。"而点的回答与众不同,就连回答前的神态动作也让人匪夷所思(他手指抚弄着琴弦,当手已离琴却依旧是琴音袅袅,那声音在枝叶下面飘起,仿佛轻烟):"古老的池塘,孩子们扑通扑通跃入水中,或是端坐在树丛

里,弹奏着琵琶。"

【3】这个字是庞德自己杜撰的,事实上根本不存在。

参考文献

1. Beckett, Lucy. *Wallace Stevens*[M]. Cambridge:Cambridge University Press, 1974.

2. Cookson, William ed. *Selected Prose, 1909-1965*[M]. London:Faber and Faber, 1973.

3. Doolittle, Hilda et al. ed. *End to Torment: A Memoir of Ezra Pound*[M]. New York: New Directions, 1979.

4. Hartman, Geoffrey. *Beyond Formalism*[M]. New Haven: Yale University Press, 1970.

5. Nadel, Ira B. ed. *The Cambridge Companion to Ezra Pound*[M]. Shanghai: Shanghai Foreign Language Education Press, 2001.

6. Pound, Ezra. Paige, D. D. ed. *The Selected Letters of Ezra Pound 1907-1941*[M]. London: Faber and Faber, 1950.

7. Pound, Ezra. *Jefferson and/or Mussolini*[M]. New York: Liver Right, 1970.

8. Pound, Ezra. *Pavannes and Divagations*[M]. New York: New Directions, 1974.

9. Pound, Ezra. *The Cantos*[M]. London: Faber and Faber, 1975.

10. Schafer, R. Murray. *Ezra Pound and Music*[M]. New York: New Directions, 1977.

文化身份篇

《吃一碗茶》中的文化冲突与身份

自1961年首次出版以来,朱路易的《吃一碗茶》引起了来自社会各界的关注。以种族排斥法案为历史背景,以唐人街为剧情发生场所,《吃一碗茶》讲述了同乡王华贵和李恭两个家庭在为子女操办婚事时的故事。王华贵之子王斌来服兵役之后定居美国,后奉父之命回到华贵与李恭阔别已久的故乡迎娶李恭之女美凤。斌来被发现性无能之后,两个家族,家族内部各个成员,甚至整个唐人街都被搅了个天翻地覆。伴随着亚裔美国文学的持续升温,该小说逐步成为美国唐人社区转型的先锋之作,即体现由单身汉向家庭的转变过程。《吃一碗茶》一书的主题在亚裔美国作家的作品中多次被论及,许多学者均从各异的角度运用不同的理论对它进行审视,其中最为热门的论点莫过于美国社会对华人移民的歧视和不公待遇。曾有华裔美国人这样说道:"无论我的英文多么流利,我接受多好的教育,人们总是会留意我的黄皮肤。"美国作家、教育家兼黑人运动领袖杜·波伊西也曾说过:"20世纪的问题就是肤色的问题。"(Yin,2006:67)也有学者剖析了带有严重种族色彩的排华法案对于当时华人移民生活的深刻影响:夫妻分居并最终导致畸形单身汉充斥的唐人街社区。也有人着重阐释书中的中国传统文化及文化冲突。通过对小说叙事方式及语言特征的分析,可以得出结论:《吃一碗茶》是完成由异邦浪漫向现实转变的文风体现作品的杰出代表。

身份危机是该小说探讨的另一个常见主题。有学者认为,斌来的性能力恢复以及后来得子意味着华裔美人取得了合法身份,所有权益受美国法律保护。故事结尾时爷爷华贵和李恭接受了私生孙子,这预示着受传统的儒家思想影响的父权制已经被排华法案削弱了其生命力,也从侧面反映了海外华人的漂泊不定和困苦不堪。

当然,关于小说情节和人物一类的分析也屡见不鲜,他们均为挖掘文化内涵做出了不小的贡献。在发掘人物特征过程当中,王斌来尤其值得读者的注意。他的性无能是诸多因素造成的,但最主要还是心理焦虑所致。我们通过剖析斌来和美凤关系中的心理障碍,将有利于审视以小说主人公为代表的美国第二代华人移民的显著特征。

首先,父子差异比较。

儿子斌来是 17 岁来的纽约。他服过役,是个孝顺的年轻人,对父命绝不敢违抗。在李恭眼中,他是个"尽职尽责,本分小心"(Chu,1979:31)的孩子。因为父亲怕纽约诱惑太多会把儿子领入歧途,命令他去西部城市斯坦顿工作。然而服从并不意味着来自内心的认同。斌来更多的是受美国文化所影响,在他看来,父亲所恪守的中国儒家文化根本不值得他信奉。为了治疗他的阳痿症,他来看中药师,可是"他并没有拿着处方去药铺……如果所有美国的现代科技都不能让他重振雄风,他又怎么能指望一个草药师去给他创造奇迹呢?"(Chu,1979:89)最终他选择配龙大夫开的西药。斌来的选择揭示了他与第一代华人移民的不同。尽管他并不在美国出生,但在他心中美国各个方面都是一流的,祖国的辉煌历史对他而言没有任何吸引力。就连那些风俗、传统在他看来也都是荒诞迷信。这就决定了为何他视龙大夫为"现代科学",视中草药为"劣质的土方"。

父子之间文化上存在明显冲突。作为父辈的男人们,"早年间,李恭和华贵两个年轻小伙子一道坐麦迪逊总统号船来到美国,在埃利斯岛的隔离室中共处"(Chu,1979:17)。后来又一起在餐馆打工。20 世纪 20 年代又共同回中国成家,最终返回美国度过余生。对他们而言,对祖国的情感与忠诚是植根于心底的,儒教思想是根深蒂固的。小说中的唐人街就是一个守旧的族长制团体。华贵这代人觉得父亲养子教子,儿子就必须对父亲言听计从,这才是孝顺。家庭亲情、尽孝道、敬老、敬祖先等是儒教道德观念的核心,这就要求他们能够持家,当尽职的父母,主动做模范公民。所以华贵觉得他有责任给儿子安排婚姻大事,教会他辨明是非;李恭认为孝顺的孩子一定是诚实的丈夫。

第二代移民却处于进退两难的境地,他们备受两种不同文化的牵制,这一类题材体现在诸多亚裔美国文学作品之中。其共同之处在于,他们无法彻底与本民族文化决裂,但与此同时又深深厌恶本族文化中的教条,尤其是讨厌第一代移民对儒家思想彻头彻尾、顽固不化的追随。

斌来和父亲格格不入,"斌来一想到要去看父亲就讨厌"(Chu,1979:41),当父亲提出要为儿子包办婚事时,他对于大包大揽极为不安。"难道,我们就不能再等等?我哪有钱啊!"(Chu,1979:43)从斌来的反感态度可以看出,他太想经济上独立,自己打点生活了。可最终斌来还是在父亲面前屈服了,可以说,斌来与美凤的婚事一开始就是迫于压力,这种胁迫感困扰了他们好久,直到最后两人得到了幸福才罢。

前后两代移民对待女人和婚姻的态度也大相径庭。儒教中对于男女之间的关系也是有明确论述的。传统的中国社会里,受阴阳理论的左右,男人被比作天,形成宇宙的源头;女人被比作地,处于顺从、屈服地位。所以和谐之家男人要有尊严,女人要顺从。从孩提起,女人要有忠实、忍让的个性,要沉默持家,相夫教子。妇女要恪守三从:未嫁从父,即嫁从夫,夫死从子。华贵的妻子就是这类女人,"尽管华贵常年离家在外,但刘氏从未对他有丝毫抱怨"(Chu,1979:45)。这也就是华贵坚持送斌来回中国娶妻的原因,他怕斌来在美服役的三年里变得太过美国化并最终娶个香蕉人为妻,"这些美籍华裔女孩们总是外出找乐子,总是新衣服新鞋新帽子,抹贵香水。要养活她你得是百万富翁才行"(Chu,1979:44)。

斌来对女人的态度和父亲是截然相反的。他尊敬关心爱人,时不时买点小礼物讨好她。考虑到美凤可能不喜欢住在斯坦顿,便把她留在纽约唐人街。放假时他会给老婆做饭,这是父亲华贵永远不可能做的。斌来对妻子细心呵护,颇有绅士风度,如果美凤"暗示橱窗里的哪件衣服好看,他就会买给她"(Chu,1979:79)。斌来也没有性别歧视,对于美凤生男生女他都认为无所谓,这在老一辈注重只有男孩才能传宗接代的华人中是不可思议的。斌来对美凤通奸的态度是宽容大度的,在中国的旧社会,通奸的妇女都要受到严惩甚至被吊死。美凤的奸情败露后,华贵要求儿子休妻,"休妻是父亲的意思,他很想看到儿子这么做。他很可能会再凑钱送斌来回中国娶个新媳妇"(Chu,1979:208)。斌来对美凤是爱、恨、怜悯交加,尽管他气得要死,但是"他的内心深处真切地希望丑闻能烟消云散,美凤的生活能回归正常。他希望所有一切平息后父亲能够克制自己不再干涉他们的生活"(Chu,1979:210)。他知道由于他过去那种愚蠢的毫无节制的生活毁了他的健康,所以他并没有劈头盖脸地把所有指责都抛给美凤,他首先自责。

其次,解析斌来的性无能。

先看看斌来婚前的心里境况。婚姻具有魔力,它能将男孩变成男人。小说通过对斌来婚姻经历的心理叙述,他的人格展现得越来越清晰。在单身汉充斥的社区里,唯一获取性的方式便是找妓女。斌来的阳痿症就是他早期和妓女鬼混的结果。龙大夫曾经说过,斌来的症结"有时候是心理问题"(Chu,1979:88)。

斌来在婚姻生活中充满了心理焦虑。新婚后,他感觉不错,"婚姻给了他生活新的展望"(Chu,1979:1),"牵着美凤的手,感觉太好了。这给了他一种拥有感,是那种夫妻关系。他有了尊严的感觉。美凤是他的老婆,不像那些娼妓,脏兮兮、带着传染病的婊子们"(Chu,1979:12)。他本该兴高采烈的,可是第一次与美凤做爱他失败了,他糊涂了,"为什么他与那些妓女在蓝星酒店像干柴烈火,而面对父亲为他挑选的这个可爱又温柔的新娘却无法满足她?"(Chu:1979:78)作为一个男人,斌来对他的性无能感到无地自容。我们通过这个暗示可以知道华贵给儿子安排的整套婚事意味着斌来根本不能自己当家做主。面对问题,斌来的"自我"(ego)开始起作用。他晓得由于他的阳痿,妻子已经不满。父亲正等着抱孙子,而远在万里之外的母亲也期待着,甚至整个唐人街都期待着他们下一代的到来。而他让所有人都失望了。内心备受煎熬的斌来羞愧难当,他甚至想逃离这一切。当父亲问他美凤是否有怀孕的迹象时,他"只是盯着空墙看,然后看着门道,就仿佛在期待着有人来打断他们的对话"(Chu,1979:81)。然而,"自我"告诫他不能辜负全家人。他去看医生讨论自己的性无能,还听从美凤的指导学着去取悦她。他想尽一切办法解决自己的性无能问题,并且服用大夫开的药片。在听到美凤有喜的消息时,他怀疑她红杏出墙了。因为害怕丢脸,他抑制住自己的强烈倾诉欲望,没有和父亲、朋友任何人去诉说心中的疑虑和不快。考虑到方方面面,斌来的"本我"(id)受到了强烈的压抑。在这种困境下,心理压力很难缓解。工作中不断出错,他只好不停吃药控制神经,甚至请假休息。巨大的心理焦虑根本无法让斌来恢复活力。

美凤通奸的事情败露后,斌来扇了她耳光。"斌来十分担心老婆婚外情的原因引来众议……他内心的羞愧与嫉妒无法克制。"(Chu,1979:144)在知道父亲因为割了阿松的耳朵而被捕后,斌来在妻子面前释放了内心的煎熬和怨恨。斌来知道美凤的不忠是由于自己的缺陷,因而备感自责,所以并不想休妻。甚至他想要是妻子与别人通奸的事情不被外界知道该多好,可是面对戴绿帽子的残酷现实他无力给美凤任何安慰的话语,即便想说也说不出口。社会道德评判和忠孝的传统战胜了斌来,他打了美凤并对她恶语相加,以此作为惩罚。"超我"(superego)使得他对美凤满腹牢骚,又自哀自怜。

在故事的结尾,华贵的案子得到了妥善处理,华贵和李恭都离开了纽约。斌来也搬去了旧金山,试图逃离这些关于他家的流言蜚语。现在的他终于轻松了,获得了美凤的鼓励与理解,他的"自我"一天天强大起来。"纽约那不堪的一幕加强了他们之间的纽带,美凤意识到老公本可以弃她而去可是并没有这么做。尽管她干了这种事,可是斌来依旧需要她。这种需要使她觉得骄傲。"(Chu,1979:243)斌来获得了男性气概后,他们有了孩子,以前的种种不悦皆被新的环境所取代。父亲对他的禁锢终于消失了。斌来的"自我"强大了,可以在不影响"超我"的情况下满足"本我",并且照顾到现实的方方面面。对他来说,重拾的不仅是男人尊严,更是健康的心理。

通过以上对比主人公斌来和父亲华贵以及剖析斌来性无能的心理原因,不难看出,斌来接受了美国文化的基本观念——自由和自立。受唐人街族长制的枷锁羁绊,他根本无法自己做主。伴随隔代问题的日益凸显,他的心理平衡受到了严重影响。他试图做一个孝顺的儿子,疼人的老公,可是美凤的丑闻打破了这一切。为了应对家庭危机,他只好抛弃了死板的中国道德礼教,自己去战胜内心深处的心理障碍。他用爱宽恕了妻子,开始了新的生活。可能对于中国移民来说,全部忘记自己的心灵之根是错误的,但是是否对于那些夹层中的二代移民来讲有效地吸收、利用、融会贯通美国文化中的精华部分(如自由、平等)是裨益的呢?全盘抛弃传统中国文化或者死板恪守信条都无法使得华裔移民在美国的生活有所改善,做适当的调整才是出路。这是值得我们深思的问题,也是《吃一碗茶》这部作品想要探讨的重要问题之一。

参考文献

1. Chu, Louis. *Eat a Bowl of Tea*[M]. Seattle: University of Washington Press, 1979.

2. Yin, Xiaohuang. *Chinese American Literature since the 1850s*[M]. Chicago: University of Illinois Press, 2006.

3. 詹乔. 论华裔美国英语叙事文本中的中国形象[D]. 暨南大学(学位论文), 2007.

寻求认同之漫漫长路

托尼·莫里森是当代美国著名的黑人女作家。她时刻关注美国黑人生活中的窘迫与疾苦,期待黑人同胞的觉醒与改变,鼓舞黑人们为改变受窘的地位而奋斗(Carmean,1993:45)。《秀拉》这部小说恰恰反映了莫里森的思想观念,通过对黑人姑娘秀拉的生活描写,莫里森塑造了一个争强好胜的人物形象,并把秀拉所遭遇的苦难经历及凄惨命运直观地呈现在小说文本之中。

贯穿美国社会历史,种族与性别歧视问题一直是人们争论的焦点(Hill,1972:33)。仅以黑白人种为例,社会地位阶级从上至下永远是遵循白种男性(优于)白种女性(优于)黑种男性(优于)黑种女性这一规律。由此可见黑人妇女所承受的巨大痛苦。她们要面对双重的压迫:来自白种人的性别歧视和本族男性的性别歧视。但当黑人妇女从自己的意识中觉醒后想要为之拼搏改变,她们的出路又何在呢?如何才能找到自己新的定位呢?

著名的心理学家拉康为我们提供了人如何实现自我认同、寻求身份的突破瓶颈之路。他的镜像阶段理论中讲到:"我们在镜中看到自己,或者是可以通过母亲的形象才象征性地看到自己。看到镜中的形象,我们可以感知到具有抽象界限的形象,从而使我们将自己的与母亲的分离开来,意识到自己的独立存在。"(Bressler,1999:157)总体来说,我们可以将镜像阶段视为个体身份的认同。婴儿初次对自己在镜中的形象与自己身份认同,其重要意义在于它(镜像)是"以原始形态存在的'我'位于一个象征体之中,形成于与他者辩证认同之前,先于语言回归本体,且发挥普遍存在于万事万物的主体作用。镜像阶段使得个人自我认识的发生从无到有"(Munns,1995:133)。

作为新一代的黑人女性,秀拉与其他"底层"(bottom)社区的人无论在思想意识还是生活方式上都有着巨大差别。秀拉真是在努力追求一面镜子和形象(即拉康所使用的 imago),以此寻求认同。然而这条寻求认同之路漫长而又坎坷,且徒劳无功。她身边的见证人可以充分证实这一切。

首先,来分析一下秀拉态度漠然的母亲汉纳。

拉康的原始经验告诉我们:"我们将某些物体(拉康语)认知为我们自身以外的形象,包括身体排泄物,母亲的声音与乳房。"(Bressler,1999:157)孩童最初是从母亲那里开始对自己得以认识。而秀拉与她母亲的关系却从一开始就注定十分糟糕。汉纳是个妓女,她"受不了生活中缺少男人的关注,自从赖库什死后,情人换了一个又一个。他们大都是她朋友的丈夫或者周围的邻居"(Beaty,2003:599)。汉纳与情人幽会的地方也是随处皆可:地下室、仓库、客厅或者她的卧室。她是大家公认的"害人精":"人家还没结婚她就能让你离婚。她一个下午之内能和新郎先偷情,再把新娘的脏盘子都洗刷干净"。(Beaty,2003:600)汉纳的行为误导秀拉以为性除了"愉悦"并无任何意义。结果秀拉一生也效仿母亲,作风放荡。显然作为一个妓女,秀拉身上有汉纳的影子。然而秀拉的性开放与汉纳又明显不同:汉纳的性爱仅仅为了满足低俗的性需求,而秀拉的行为却体现她身处现代社会的迷失和彷徨。由此证明寻找秀拉镜像阶段的"社会我(身份)"的必要性。这种肉体需求的释放是她寻求自我身份认同的方式,只有这样她才可以意识到自我的存在。这种反传统的行为时刻提醒她对抗沉死的社会。不同的社会背景及时代使得她们的生活方式发生了分歧。汉纳未给女儿留下任何有价值的东西,而两者唯一的相似性(性泛滥)最终也在本质上分道扬镳。秀拉想从母亲的镜像中得到认同的做法无法完成。

更可悲的是,秀拉与母亲之间毫无关爱可言。汉纳曾经对朋友坦言:"你爱她就像我爱秀拉一样。我只是不喜欢她。就这点儿区别。"(Beaty, 2003:606)秀拉无法从汉纳那里得到母爱,于是着火之时她也绝不去救汉纳,而是漠然地旁观。这种母女关系实属糟糕,甚至有些变态。试想如果秀拉能够从母亲的镜像中找到自己,恐怕也就只能有模糊的影子对其产生影响,两者之间也就不会只有漠然、不信任、抵触与隔绝。秀拉试图从汉纳处得到认同之路以失败告终。

其次,来审视一下平凡无奇的内尔。

秀拉试图将认同历程转向挚友内尔。秀拉通过内尔了解自我合情合理。在内尔结婚之前,内尔可以说就是秀拉的复制品。内尔才十岁时就宣称:"我是我。"每次她使用"我"这个字眼时,浑身都感受到力量、喜悦或者是战栗。"'我',我想……我想要……当最棒的。"(Beaty, 2003:592)她的实现自我意识极为迫切,这就促使她与秀拉结交。"她新发现的'自我',给予她力量去培育朋友,尽管她妈妈并不赞同"(Beaty, 2003:593)。秀拉与内尔情同姐妹,其命运也颇为相像。内尔频频受到白人男孩的羞辱时,秀拉愤然用刀子自残手指,震慑他们说:"既然我能自己割自己,你们觉得我会怎么对待你们啊?"反过来秀拉失手将黑人孩子的小鸡抛进河里后吓得战战兢兢时,内尔也一直在旁边陪她渡过难关。她们只要在一起,就永远互相庇护。在内尔看来,秀拉勇敢独立,镇定地反抗社会带给她们的压力。可惜所有的一切都随着内尔的婚姻而烟消云散了。秀拉觉得内尔与她可以分享一切,于是她毫不在意与内尔的丈夫同床。她不觉得这会对内尔造成任何伤害,可事实证明内尔只是个普通女人。莫里森对于内尔的处境与秀拉的震惊、失望进行了特殊的描绘:"现在内尔跟它们一样,就像那些蜘蛛,只晓得操心下一步去哪里结网。它们躲在阴暗的角落里,挂在自己吐丝编织的网上,与其说害怕听见地上蛇的喘息,不如说它们更怕树倒了砸到它们。"内尔是唯一促使秀拉回归的人,可是她失望地发现,内尔不敢去探求生命的潜在价值,也不敢去反抗社会传统带给女性的桎梏。"在秀拉眼中,内尔无法再认清自我,保护自我,维护自己的独立性与生命力。"(Bell, 1987:53)秀拉弥留之际,两个人进行了最后一次对话。秀拉谈到了她们的区别。问题的关键在于是谁使得所有黑人妇女如此孤独。尽管秀拉、内尔与所有其他黑人女性都是孤独的,但秀拉的孤独是自我的,而内尔与其他人的孤独却是被"他人"造成的。秀拉说:"是啊,我的孤独是我自己的。你的孤独却是别人的,是别人制造好了拿给你的。太了不起了不是么?二手的孤独"。(Beaty,2003:645)

最后,来分析一下那些虚幻的情人们。

秀拉无法从身边的女性中发现自我时,她只有转向男人。她无法从实际生活里发掘出东西时,只好沉迷于性爱的愉悦。男人与性,这是她唯一的机会。秀拉身边不乏男性,老的少的,认识的不认识的一大堆。裘德与埃贾克斯是其中的两个代表。

与秀拉有染的裘德是内尔的丈夫,可是秀拉并不爱他。他们之间就像是一种交易或者一场游戏。裘德抛弃了内尔,秀拉又抛弃了裘德。对于秀拉来说,裘德只不过是她孤寂时填补空虚的玩物,他们之间毫无感情可言。内尔曾经质问她:"你说你根本就不爱他?根本就谈不上爱?"(Beaty,2003:646)秀拉转过脸,沉默就是她最好的回答。这种逃避比直接承认更具有杀伤力。

埃贾克斯是秀拉唯一曾经爱过的人,至少秀拉是这么认为的。埃贾克斯通过一些小玩意儿,诸如漂亮的奶瓶、一瓶黄蝴蝶等走入了秀拉的世界,但真正的原因是他们之间的谈话。"在族长制文化中,妇女是男性他者的能指,受到符号的制约。男性可以通过语言命令将自己的妄想和积念强加给只是作为意义的承受者(并非意义的制造者)的无声形象的妇女身上,并付诸实现。"(Munns,1995:322)妇女的刻板印象一直都是被动的、边缘化的。黑人姑娘秀拉也不例外。突然间,她的生活里闯入了一个倾与聆听的男人,这对于秀拉是个不小的冲击。谈话时,"他听得多说得少。他的陪伴使人感到舒服。他不愿意对于工厂的事喋喋不休。他并不像对待小孩一样哄她护她。他猜测秀拉只是偶尔才发发脾气。这一切都大大加深了秀拉对他的兴趣与热情"(Beaty,2003:638)。与他在一起,秀拉的交流上升到了精神层面。她确信可以接受他、尊敬他并且爱他。很有可能是通过埃贾克斯,秀拉才完成镜像的自我认同。然而这一切不过是黄粱一梦,最终埃贾克斯还是抛弃了她。秀拉疯了似的找寻蛛丝马迹,妄图证实他的真实存在。最终她找到了他的驾照:"可这是怎么回事?艾伯特·杰克斯,他叫艾伯特·杰克斯,艾伯特·杰克斯,她一直以为他叫埃贾克斯,这么多年了一直以为如此。"(Beaty,2003:641)她彻底绝望了。她与他同床时,无意中叫他或者认真地喊他的时候,这个名字居然是假的!名字既然是假的,她自然对于他们共处的日子的真实性也大打折扣。过去的幸福,被他给予的关爱以及他们之间的情感均荡然无存。秀拉原本的独立角色,聪明智慧的头脑,尤其是她绝不依附男人的个性,刹那之间消失得无影无踪。面对镜子寻找影像,秀拉的虚幻情人未能给她任何答案。

在秀拉寻求认同的漫漫长路上,她失败了多次。母亲汉纳、挚友内尔,甚至情人埃贾克斯均未能给她任何帮助。直至离世,秀拉也未能找到镜像告诉自己她究竟是谁。然而秀拉就是秀拉,是这个世界上一个独特的人。在性的观念上,她与母亲相左。秀拉的放纵并非沉迷于肉欲,而是展示黑人妇女觉醒与反抗社会现实的一种手段。秀拉是那一时代黑人妇女的代表,试图冲破社会及种族的束缚。秀拉也不同于内尔,她对于内尔凡腐的生活嗤之以鼻,而且她毫不掩饰自己对好友的失望与愤怒。秀拉在懦弱的黑人妇女中扮演了一个重要的角色,即帮助她们寻求独立与平等。她警告她们孤独是自己造成的。面对男人,她只接受尊敬她的人。秀拉寻求的是女性的话语权和优先权。尽管埃贾克斯曾一度给予了她这些,但他并未能坚持到底。最终,就连他是否真实存在都悬而未决。

秀拉未能从镜像阶段获取什么,但毫无疑问,她的生活是有意义的。用她自己的话说:"我了解这个国家每个有色妇女的所作所为,就像我一样,在一点点死去。区别是她们死得就像伐后的树桩。而我,我要像红杉树一样倒下。我才的确在这个世上活过一遭。"(Beaty,2003:645)

参考文献

1. Beaty, Jerome. *The Norton Introduction to the Short Novel*: *Sula*[M]. New York: W. W. Norton & Company Inc. , 2003.

2. Bell, Bernard W. *The Afro-American Novel and Its Tradition*[M]. Amherst: The University of Massachusetts Press, 1987.

3. Bloom, Harold ed. *Toni Morrison*[M]. New York: Chelsea House Publishers, 1990.

4. Bressler, Charles E. *Literary Criticism: An Introduction to Theory and Practice*[M]. New Jersey: Prentice-Hall Inc. , 1999.

5. Carmean, Karen. *Toni Morrison's World of Fiction*[M]. New York: Whitston Publishing Co. , 1993.

6. Hill, Robert B. *The Strengths of African American Families*[M]. Lanham: UP of America, 1972.

7. Morrison, Toni. *Sula*[M]. New York: Plume, 1979.

8. Morrison, Toni ed. Danille Taylor-Guthrie *Conversations with Toni Morrison* [M]. Jackson: Mississippi UP, 1994.

9. McDowell, Deborah. Makay, Nellie ed. The Self and the Other[C]. *Critical Essays on Toni Morrison*. Boston: G. K. Hall & Co. , 1979.

10. Munns, Jessica & Rajan, Gita. *A Cultural Studied Reader: History, Theory, Practice*[M]. Singapore: Longman, 1995 .

波德莱尔的应和之美

作为一位顶级的诗人,波德莱尔(Baudelaire)不仅为法兰西人所知,而且在世界范围享有盛名。他的一生充满曲折,六岁丧父,七岁母亲改嫁,这些童年的经历给他幼小的心灵留下了忧郁的阴影。然而,他的诗让世人所倾倒。波德莱尔是当之无愧的现代派诗歌之先驱,称他为象征主义文学的鼻祖也不为过。读过他的诗的人们都能够体会到这个茕茕孑立的才子深邃的沧桑。难以想象生活中充斥着忧郁、颓废的波德莱尔一方面饱受惶惑,另一方面又能够沉浸在不幸的快乐之中。他的诗作里随处可见其复杂情感的错综交错:对社会的怨恨("我迷失在这世界里,被众人推揉着,像一个厌倦了的人");对亲情的失望("如果有个人年纪轻轻就识得忧郁和消沉的滋味,那肯定是我");幻想的破灭("我的青春是一场晦暗的风暴,雷击雨打造成了如此的残凋");对理想的追寻("怀着无法言说的雄健的快感,在深邃浩瀚中快乐地耕耘"),等等。这些令他歇斯底里的思绪往往使得他不能自控,想抛开所有的一切升入无忧的天堂,却又根本无法实现自己的向往,所有的拼命挣扎均为徒劳。备受煎熬的波德莱尔万念俱灰,却又不甘放弃。于是在这进退两难的尴尬中诞生了他的惊世之作《恶之花》。这丛花并未带来应有的馨香,相反却招来世人的惊骇与诋毁。透过人们的谩骂与攻击,我们又不得不承认波德莱尔之所以可以如此勾勒周围的世界,那他必然拥有自己独一无二的个性与人格。

其实,波德莱尔并非是什么邪门歪道的异类,他只不过是个不愿意走寻常之路的孤独旅者,当然这会让许多自诩循规蹈矩的人对他的行为看不顺眼。时间是检验真理的唯一标准。历史会公允地归还每个人应得的认可。在他短暂的生命中，波德莱尔创作了令人胆战心惊、满是绝望气息的诗篇。虽然他生前未能获得认可，但在离世后却大放异彩，博得了无数美誉，就仿佛是一瓶陈年老酒突然拔去瓶塞，散发出无法抵挡的诱人芳香。重新审视他的诗歌，不难发现，他的诗歌理念使浪漫主义重新散发青春的魅力，他的应和论（Theory of Correspondence）让象征主义找到了源泉，他纤毫毕见的真实描写与自然主义交相呼应。众多流派的文人大家，都视波德莱尔为自己理论的体现者、实践者，都以波德莱尔归属自己的阵营为荣。说实话，可能在时代的变迁大潮中，在创作生涯的沉浮起落当中，波德莱尔未必真正地清楚自己的历史使命，但他真实的创作情感与异常的文风魔力让他再次成为大众的焦点。

要想实实在在地了解波德莱尔，唯一的途径就是尝试解析他的应和论。有了应和的存在，文学中就出现了无数的可能性；有了应和，象征主义在文学中才初见端倪；有了应和，诗人改变使命才成为"通灵者"；也因为有了应和，人们内心精致细微的情感才得到了完整的展示。

波德莱尔的应和这一理念最初是在他的一首被称作"象征派宪章"的同名十四行诗《应和》中提出的。该诗缩小了无限，容纳了无限，包含了波德莱尔诗艺的全部要旨。当然，要说应和论的诞生完全归功于波德莱尔一人也是不准确的。在西方传统理论中，许多官能感觉是被排斥在美学领域之外的。人们只承认眼睛能看见对称，耳朵能听见和谐，而否认其他审美快感。但是物之尤者，未尝不留连于心，于是乎许多哲人学士便在其著作中留下点点应和之痕迹。上溯到柏拉图，他认为"可感的、物质的现实不过是思想的反映，亦即精神的反映"。柏拉图的灵感说和迷狂说不过是瞬间一些知觉触觉的感应而已。昔日的积淀与时下的所感所知交相呼应，各种不可名状的激情与思绪在大脑中膨胀、碰撞，从而泉涌般衍生出别具一格的灵感。对于这种似乎超自然的头脑、心灵现象，柏拉图认为不可名状，只好将其解释为神灵附体。真正对波德莱尔产生本质影响的是瑞典哲学家史威登堡和德国作家霍夫曼。史威登堡从神学的角度阐述了颇为相似的"对应论":"上帝如同精神的太阳,它的温暖是爱,它的光明是智慧。这同自然界中的太阳是对应的。在自然界的万事万物之间,在可见事物与不可见的精神之间,都存在这种彼此契合互相对立的关系。"这给了波德莱尔无限的激励与力量,于是他在《对几位同代人的思考》中说:"一切,形式,运动,数,颜色,芳香,在精神上如同在自然上,都是有意味的,相互的,交流的,应和的……"这些理念最终都在他的那首十四行诗中得到了体现。而霍夫曼的《金瓶》是从人和自然的关系去表现一种神秘的融洽。例如,苹果篮子可以发出声音,接骨木的叶子和花朵可以唱歌,钟绳可以变成一条蛇;卖苹果的女人既是算命者的夫人,又是户籍官家里漂亮的铜门环,原来她的爸爸是一条破羽毛扫帚,她的妈妈是个烂甜菜根。这一切看似荒谬至极的描绘令人匪夷所思,仿佛是后现代式的无厘头。然而恰恰是这种对美的永生不死的赞叹让人类认识自然自身的存在,认识何为真实。波德莱尔正是站在巨人的肩膀上才得以窥视前人无暇顾及的激情与感受,从而超越了象征。

中国的古人前辈中也不乏与波德莱尔产生思想相撞火花之人。比如李商隐,读他的诗就像读波德莱尔一样需要我们学会在隐晦中去沟通、交流。再比如曹雪芹,读他的《红楼梦》百遍千遍,每一遍都会有新的体会与收获。波德莱尔的《应和》一诗正是如此。它以神秘的笔调描述了自然与人类的休戚关系,即万事万物彼此联系,互为象征,传递出模糊的信息,激起人类内心不可解的感应。只有经过"各种形式的情爱、痛苦和疯狂,有着异于常人的感知力"的"诗人",才有资格作自然界和人类之间的纽带,用"熟识的目光"去洞察这些光怪陆离的契合,深入"混沌而深邃的统一体中"。此外,该诗还通过"香味、颜色和声音在交相应和",提出了各种感官是彼此相通的理论。香味同触觉的相似("嫩如孩子肌肤"),香味在声音上的理解("柔和如双簧管"),香味在视觉中的消融("碧绿好似草原"),从各种香气弥漫到颜色、视觉和听觉,再激发出彼此应和的回忆和思想,最后在转换中又落在心灵上产生感情。这个过程教人懂得色彩、轮廓、声音的道德含义,懂得事物与人类间存在着绝对的平衡关系。由此,诗人的使命发生了本质的改变。诗人不再以引导人类为己任,而是努力去表现万物间最细小的关系,完成记录世界的使命。用波德莱尔自己的话说:"诗人如果不是一个翻译者、辨认者,又是什么呢?"应和贯穿了波德莱尔的整个诗学理论体系,如"丑中之美"这一重要的美学理念就体现其中。传统的诗人和作家往往坚持真善美与丑恶的绝对对立,而《恶之花》中的波德莱尔始终对恶有一种清醒的认识和冷静的态度,他对这朵病态之花的描述令人窒息。他虽然强烈希望摆脱腐朽与死亡的国度,但同时认为这个王国在美学上是光明和令人神往的,要从痛苦中发掘出善和美来。恶与善始终呼应,麻醉着诗人的感官,让他挣扎在爱恨之欲的煎熬之中。想象力也是波德莱尔诗中的另一重要命题。他认为想象力是应和现象的引路人和催化剂,正是这种珍贵的禀赋告诉我们颜色、轮廓、香味所具有的精神含义。由于推崇想象,波德莱尔在作品中大量使用比喻。例如,"回忆有一只号角;遗忘有一只口袋;爱情是个孩子,坐在一个巨大的头颅上,吹肥皂泡;而悔恨则从水底冒出来,脸上现出了微笑"。这些奇异的话语中应和的身影清晰可见。

在应和之力的支撑下,波德莱尔于自己的诗歌中大肆激发和谐的情感。运用朦胧的意象,清晰饱满的韵律,无尽的想象空间,独具匠心的表达理念,光怪陆离的言语,以及多重感官的完美融合,波德莱尔为我们塑造了一幅超越时空、跨越疆界的组合图案。当我们全神贯注、若有所思地欣赏波德莱尔的诗歌时,也正是我们感动得一塌糊涂之时。因为在波德莱尔的世界里,我们可能会迷失,可能会彷徨,但在体会诗人那份感伤及忧郁的同时,也正是我们可以体味到某种别样幸福的时刻。带着那丝丝熟悉感,去领悟沉重地懊悔犯下原罪的迷茫诗人,与他一起在诗的世界中声嘶力竭地呼喊,我们一定会感受到波德莱尔那呼之欲出的应和之美。

参考文献

1. Aggeler, William. *The Flowers of Evil*[M]. Fresno: Academy Library Guild,

1954.

2. Baudelaire, Charles-Pierre. Clark, Carol & Sykes, Robert ed. *Baudelaire in English*[M]. New York: Penguin Classics, 1998.

3. Wagner, Geoffrey. *Selected Poems of Charles Baudelaire*[M]. New York: Grove Press, 1974.

4. 郭弘安. 波德莱尔诗论及其他[M]. 上海:同济大学出版社,2006.

5. 皮舒瓦,齐格勒. 波德莱尔传[M]. 董强,译. 上海:上海人民出版社,2007.

6. 刘波. 波德莱尔"应和"思想的来源[J]. 四川外语学院学报,2004,(04).

7. 刘波.《应和》与"应和论"——论波德莱尔美学思想的基础[J]. 外国文学评论,2004,(03).

8. 让-保尔·萨特. 波德莱尔[M]. 施康强,译. 北京:燕山出版社,2006.

9. 尹小玲,赵彩花. 试析波德莱尔的应和论[J]. 韶关学院学报,2001,(07).

《兰沃尔》中的性别角色

法兰西的玛丽(Mary de France)的作品虽然不是很多,但仍有一些脍炙人口的名篇流传至今。作为一名当时红极一时的行吟诗人,法兰西的玛丽主要擅长创作"籁诗"(lais),这种文体后来也成为法国文学中的一道独特靓丽的风景线。玛丽的"籁诗"通常被称作"Breton lais"。这一称谓本身具有相当的模糊性。"Breton"一词本身有两层意思:一是布列塔尼半岛的居民;二是布立吞人。布列塔尼半岛是历史上的一个地区,原法国西北部一省,位于英吉利海峡和比斯开湾之间的半岛上。公元500年,被盎格鲁-撒克逊人驱逐出家园的布立吞人定居于此。1532年该地区正式并入法国。布立吞人则是古罗马人入侵时居住在古不列颠岛的凯尔特人之一支。法兰西的玛丽本人似乎并未明确地指出究竟她的"籁诗"应归属谁,但是更可信的解释是它们的创作源泉来自盎格鲁-撒克逊人的民间故事。举例来看,她的八音节韵律"籁诗"中关于中世纪贵族传记里有相当篇幅是用来描绘亚瑟王和他的圆桌武士们的事迹的。下面,笔者将以 Linda L. Lindsey 的理论为基础,附加些许社会学观点,重点分析《兰沃尔》(Lanval)一诗中人物的性别角色,从而透析性别角色在《兰沃尔》一诗中的作用。

首先,如何界定"性别角色"一词。在《性别角色》一书中,Linda L. Lindsey 指出:"性别角色是指整个社会对不同性别所赋予的既定的态度及处理方式。它包括在某个特定社会被公认为是对不同性别指定准则的权利与义务。"那么,讨论性别角色的前提是必须重建一下其执行背景,即社会阶层。在强调大男子主义的封建社会,国王具有绝对的至高无上的地位。所有武士皆是他的封臣、仆从。第 16、17 行,"Women and land / He shared out with generous hand",这句话点明在男性占统治地位的社会结构制度下,女人的价值地位仅仅是在族长制的最底层,或者说是男人的附庸品。然而,该诗中有一个特殊的人物——王后(亚瑟王之妻)。她的权利来自她贵族的出身。这种特殊的无上权利使得她可以轻而易举地指控诬蔑兰沃尔。但不容忽视的是,即便是这位至高无上的王后也不得不依赖国王和仅由男人组成的审判团来起诉兰沃尔。至于亚瑟王的骑士们,尽管他们的地位并非至高无上,但他们有足够的影响力来监督国王,以便维护国王的完美形象("so none might catch him in flaw"第 378 行)。而该诗中的仙女以及她的贴身婢女皆属脱离凡尘的超自然人物,她们来自何方(天国还是远方邻邦)无人知晓,但有一点可以肯定,她们都不受骑士制度及族长制社会桎梏的影响。就连仙女的帐篷都是如此珍贵,非凡人所能拥有("no earthly king could own his tent"第 89 行)。这位神秘的仙女对待兰沃尔也十分慷慨大方,允许他取其所需,丝毫没有吝啬。这种方式恐怕连亚瑟王也望尘莫及。所以说,从某种程度来看,仙女比亚瑟王明智得多。这一系列复杂的社会阶级影响着所有人物履行其性别角色,并且赋予了他们相应的等级地位。

在接下来的篇幅中,笔者将就 Lindsey 的定义来讨论该故事中人物的行为态度以及他们的权利与责任。首先,骑士制度社会中的男人应具备什么呢? Lindsey 列出一张表格来说明:

理想状态	来源	主体特征
男性骑士	封建制度及骑士制度的荣誉准则(12 世纪社会体制)	自我牺牲,勇气,体力,荣誉,为女士效劳,长子继承权

(Lindsey,1997:222)

在故事的开端,亚瑟王在卡莱尔旅居("the King at Carlisle is sojourning"第 6 行)。这位世人所敬仰的英勇国君此时并未像他的骑士们那样去战场上英勇作战,毫无疑问,这个缺陷是他勇猛及荣誉头衔上的瑕疵。由此可见,亚瑟王的男性特征被大大削弱。之后,在敦促骑士团做出决断以迎合王后一事上("pressing the knights to make an ending and not to keep the queen attending"第 468 行),他再次流露出其懦弱的一面。亚瑟王之所以竭力逼迫骑士团并非出于实事求是的态度,而是迫于来自王后的压力。另外,他还依赖他的骑士来发挥自己的权力。当神秘的仙女出现在众人面前时,亚瑟王变得更加堕落。显而易见,亚瑟王被仙女的美貌彻底征服("the female fairy world eclipses King Arthur's chivalric court"第 103 行)。整体说米,亚瑟王的行为将崇尚男子汉气概的社会蒙上一层模糊的面纱,从而使得这位神秘的仙女得以在男权盛行的舞台上扮演一个十分重要的角色。但是从个人角度来讲,作者对亚瑟王的个人性别标记并未做太深刻的描写。

比较而言,兰沃尔通过与国王、王后、骑士和他所钟爱的仙女的相互影响,清楚地展示了他的身体与心理状态。具有讽刺意味的是,兰沃尔却被他的同僚们及国王所遗忘,尽管他符合骑士男性的所有特征("That is Lanval; him he forgot. His men disliked him, too; the lot are envious of his handsomeness, his strength, his courage, his largesse"第 19-22 行)。通过兰沃尔被忽视这一事实,读者可以感受到骑士之间激烈的竞争。当时的社会给予了人们对"阳刚"(masculinity)的盲目推崇,造成了一种集体性的弊端。也正是这一弊端使得大多数骑士(包括国王本人)排斥兰沃尔,原因就是兰沃尔与他们相比更"阳刚"。这就是社会化的过程。兰沃尔既然有权利表现自己的"阳刚"特征,他就必须承担自己比别人优越的后果。然而,与此同时,读者也可以看到兰沃尔的女性特征("But there his horse trembled and shook. He unlaced the saddle, set it free, and let it ramble on the lee."第 44-46 行)。他像女性一样同情动物(他自己的战马),并且在他与仙女的恋爱中,他就像个脆弱的孩童。他从仙女那里得到了大量的财物,而且十分依赖她。他害怕失去仙女("Lanval is very much in fear"第 190 行),当意识到自己即将失去她时万般祈求她的宽恕("He cries merci for a hundred times and begs her to speak to her ami"第 357-358 行)。但是在面对王后时,尽管自己与王后地位悬殊,兰沃尔却仍旧保持其男子汉的气概直面王后对他"性取向"不公的指控。这大大激怒了位高权重的王后。之后,他陷入了麻烦。也恰恰在此时此刻,上文所提的"集体性弊端"(即对"阳刚"的崇拜)转而成为"集体性"的"男性气概",骑士们支持、保护兰沃尔。因为此时的兰沃尔已经被骑士们再次认同为他们的"男性"成员。正如亚瑟王的圆桌武士中的一位,他的侄子高文爵士(Sir Gawain)对兰沃尔的称呼一样,兰沃尔既是贵族(nobleman),又是高贵的男性(noble "man")。所以,他们宁愿相信兰沃尔能够将其仙女爱人带来法庭为其作证。尽管这样他们要冒着可能失去土地财产及爵位的风险,他们依旧乐意为兰沃尔担保。当然,兰沃尔并不怕死,因为他有爱。"女人既称颂那些敏感的愿意承认自己弱点的男人,又推崇那些刚硬的不愿轻易放弃成功的男性。大多数男人都是在试图同时满足这两个极端标准的时候失败的。"从这一标准来衡量,兰沃尔无论在男性还是女性眼中都是一名完美的"男子"。

在当时所处的封建社会环境下,"贵族享有他们自家农奴新婚妻子的初夜权"。不仅如此,"农奴的妻子们的生命也尽隶属于男性农奴丈夫"。女性唯一的职责就是完全服从男性并满足他们的各种需求。那么,除了她们的处女贞操,女人们只好靠美色来包装自己。

至于对王后的描绘,许多都是定型式勾勒。兰沃尔刚刚得到提升,她立即就出现了:"Lanval, I've honored you sincerely, have cherished you and loved you dearly, all my love is at your disposal. What do you say to my proposal? Your mistress I consented to be; you should receive much joy from me."(第257-262行)王后凭借自己的崇高地位主动向兰沃尔示爱,她对于这份爱情十分有把握。然而,就美貌而言,王后比仙女要逊色得多。故此她发誓要报复("She vows never again to rise, unless the king grant her redress"第302-303行)。显而易见,王后因为记恨兰沃尔拒绝她的勾引,便使用诽谤的手段,诬陷兰沃尔玷污她的清誉。她还故意夸大兰沃尔的话,以此来误导众人相信他对王室大不敬("he boasts that even her lowliest chambermaid, the poorest one that might be seen, is worthiest than she—the queen."

第 316 行)。总之,她是一个典型的王后形象,总是试图在爱情的战役中获胜,以此来满足自己的虚荣心。她深信尽管她的容貌并非天下无双,但她依旧能轻松获胜,因为在凡尘中她是最具权位的女人。然而她的竞争对手不仅有倾国的美貌("Her beauty is no laughing matter"第 578 行),更重要的是其拥有超越凡尘的仙女身份。仙女惊人的美貌和脱俗的气质震惊了所有见过她的人,这给最终的审判带来了转机。她清楚地表达了对兰沃尔和王后行为的不满("she would not have the man ill-used"第 617 行;"she counters the queen to committed perjury"第 620 行)。同时,在兰沃尔一案中,她也是最终的裁决者,而那一拖再拖的法庭根本未起到作用。女英雄拯救了兰沃尔,并最后带他远走高飞,后事便再无人知晓。

《兰沃尔》一诗中的性别模式便是通过以上谈及的人物共同筑造的。他们中的大多数人都符合当时社会的时代特征,当然故事里也体现了一种强烈的社会控制欲望。这些人物给读者们留下了一个巨大的想象空间,在那个虚构的世界里,像兰沃尔一样的男人能够自如灵活地表述自己的性别特征;而女人也可以像仙女一样威力无穷。但是要指出的是,《兰沃尔》一诗并非是一部女权主义作品,故事中的大多数人都如同亚瑟王、王后及圆桌武士们一样平凡,故此,真正打破男性与女性性别限制要求的桎梏只有在故事结尾处(仙女与兰沃尔出走)才得以最终实现。从此,才不再有任何社会倾向强求兰沃尔将其自身修正塑造成迎合当时社会的理想男人化身。借助仙女的帮助,兰沃尔跳出了性别角色演绎的舞台,并维持着尘世的原本面目,仿佛什么事都未发生过一样。

参考文献

1. Lindsey, Linda L. *Gender Roles: A Sociological Perspective*[M]. New Jersey: Charter, 1997.

2. France, Mary de. Shoaf, Judith P. trans. *Lanval. Anthology*[M]. New York: Doubleday, 2005.

令人悲愤的罗勒花盆惨剧

在大名鼎鼎的乔万尼·薄伽丘所著小说集《十日谈》中第四天第五个故事结尾处,作家提到了一首脍炙人口的西西里民歌。歌声与故事相互呼应,异常凄惨悲凉。书中仅仅提及了民歌的前两句,意大利原文是:"Quale esso fu lo malo cristiano, che mi furò la grasta, ecc."这两句话英文译文版本的处理方式并不统一。例如,在马克·穆萨(Mark Musa)和彼得·邦德内拉(Peter Bondanella)合译的版本中被译为"Who was that wicked man/ who stole my pot of herbs, etc."(Boccaccio, 2002:330)而在约翰·佩恩(John Payne)的译文中被处理成:"Alack! ah, who can the ill Christian be, That stole my pot away? etc."故此在中文译本里,由于选取的英文版本差异,译文也有所差异。例如,在方平与王科一的译本中,体现为:"唉,是哪一个坏蛋/偷走了我的花盆?……"这与赵富春的译法相近:"那个坏家伙究竟是谁,偷走了我的花盆?"李毅的译本里,略有不同,突出了"Christian"的含义:"唉,是哪位恶徒,把我的花盆偷走了?……"意大利语原文中的"cristiano"一词的确对应着英文的"Christian",故此才会出现"邪恶的基督徒"一类的字眼。最为完整呈现当属里格(J. M. Rigg)的译文:"A thief he was, I swear/A sorry Christian he/That took my basil of Salerno fair, etc."他引出了地点萨勒诺集市。这首民歌全文共八节,每节有七行。根据彼得罗·范范尼(Pietro Fanfani)修订的1857年佛罗伦萨版本《十日谈》,里格将其译成自由体。其中第一节与第四节从措辞上和薄伽丘的故事情节更为贴近。

第一节:"我发誓,偷走我从萨勒诺集市买来的盛开的罗勒花的人,绝对是个羞愧的教徒。我亲手种下的花,精心地呵护它,此时正吐艳芬芳。毁人心爱之物者罪大恶极。"

第二节:"毁人心爱之物者罪大恶极。啊!罪孽深重。我原本拥有罗勒花,(吾乃不幸之人),实乃国色天香,其叶蓁蓁,伴我入睡。可恶的人啊,在我的门前,夺走了珍宝。"

第三节:"在我的门前,夺走了珍宝。甚是凄惨,万分悲伤。对我来说它弥足珍贵,为此我万念俱灰。那时的我为何要放弃,我的至爱,花盆四周我种上马郁兰。"

第四节:"花盆四周我种上马郁兰,五月时节气息芳香。每周要浇三次水,眼见花儿长势壮。可现在它被偷了。啊!这事在外面传开了!"

第五节:"可现在它被偷了。啊!这事在外面传开了!我不能再躲避,但是刚刚发生的一切就在眼前。每晚我在门前睡下,守护着我的花。万能的神,给予我力量。"

第六节:"万能的神,给予我力量。一切都是神的旨意。我违背神犯下了罪孽,贼人从我眼前偷走了我心爱的花,我痛苦万分,它给我的灵魂带来了莫大的慰藉。"

第七节:"它给我的灵魂带来了莫大的慰藉。它芳香扑鼻,每日清晨我去给它浇水,听得邻人惊奇地打听馨香何来。悲伤的我,出于至诚的爱,时日不多。"

第八节:"悲伤的我,出于至诚的爱,时日不多。请还给我吧。谁能告诉我怎么将它赎回。啊!这将给我莫大的慰藉。我有一百枚上等金币,只要他乐意,我愿悉数奉上,献上一吻以博其悦。"

故事结尾处意大利语原文是"Ma poi a certo tempo divenuta questa cosa manifesta a molti",中文即"不久,这件事在外面传开了"。这便揭示出民歌中故事的来由。"小姐们听了菲罗美娜的故事都很感兴趣,原来那首歌曲,她们都早已听熟了,却不知道这首歌曲还有这么一个来历"。故事的始末究竟如何呢?在介绍故事梗概的标题中,提到了女主人公莉莎贝达。英国诗人约翰·济慈(John Keats)曾经改写过这个故事,取名为《伊莎贝拉》(Isabella),又名《罗勒花盆》(*The Pot of Basil*)。按照译者约翰·佩恩的说法,"Isabella"乃是"伊丽莎白"(Elizabeth)的变体,诚如标题里的"Elisabetta"、"Isabetta"或者"Isabella"。不过"Elisabetta"仅仅出现在标题内,而主体故事的叙述中,均使用的是另一变体"Lisabetta"(莉莎贝达)。

墨西拿城(Messina)中有三个经商的兄弟。他们有一个楚楚动人的妹妹叫莉莎贝达。三兄弟的店铺里有个年轻的小伙计叫罗伦佐(Lorenzo),勤快、帅气。相处时日一长,莉莎贝达与罗伦佐便相爱且无法自拔。一日,疏于防范的二人正在交欢,被狡诈的长兄发现。长兄没有声张,和兄弟们商量对策。他们认为这是奇耻大辱,打算杀死罗伦佐雪恨。他们把小伙计骗到郊外,悄无声息地杀人灭口,然后偷偷埋掉,并对外宣称派罗伦佐到外埠料理商业事务。日久不见情郎,姑娘询问哥哥罗伦佐的下落,却只换来劈头盖脸的责骂:"你这样热心打听他,到底跟他有什么关系呢?如果你以后再来问起他,那么别怪我们的回答叫你听不下去。"可怜的莉莎贝达思念成疾,肝肠寸断。一次在恍惚中与罗伦佐梦里相见。罗伦佐的鬼魂落魄不堪,对莉莎贝达如实相告,诉说了被害经过,临了告知了他的遗骸埋葬地。根据情人鬼魂的指引,莉莎贝达找到了罗伦佐的尸体。悲痛欲绝的她割下情人的头颅,带回家中,做了一件匪夷所思的事情:"回到家里,她关上了自己的房门,取出情人的头颅放声痛哭,用滚滚的泪珠洗净了那泥污的头颅;又把头颅吻了又吻,不曾漏过一处地方,吻了一千来遍。于是她又拿来了一只雅致的大花盆。这花盆原是用来栽培墨角兰,或是罗勒的,现在她把头颅用精细的麻布包好,放在盆中,再装满泥土,上面种了几株美丽的罗勒的幼枝,却不用清水浇洒,朝夕只用自己的眼泪或玫瑰水、香橙水灌溉。她终日伴着这盆罗勒花,留恋不舍,因为花盆里面藏着她的罗伦佐。她这样对着花枝痴望了半天,就突然凑在花盆上哭泣起来,那滚滚的泪水把罗勒花全都淋湿了。"终日以泪洗面的莉莎贝达除了盯着花盆之外,对什么事情都不感兴趣。见她日渐消瘦,又听到邻居们的闲言,哥哥们起了疑心,偷走了花盆。可怜的莉莎贝达到处寻花盆不见,恹恹病倒。好奇的哥哥们打开花盆观看,不由得大吃一惊。"他们翻开泥土,发现一个用麻布裹着的人头还没完全腐烂,一看那鬈发,就认出正是罗伦佐的头颅",由于害怕杀人的劣迹暴露,三个兄弟逃亡那不勒斯。绝望的莉莎贝达在思念中逝去。人们为了纪念她,便编撰了上述歌谣。

当事人都离去了,三个凶手也逃之夭夭了,这段内情是如何为世人所传诵的呢?最有可能暴露内幕的应该是莉莎贝达的女仆。女仆知晓她偷情,协助莉莎贝达将罗伦佐的人头带回家中,所以极有可能是女仆吐露了真言。

这是个凄惨的爱情悲剧。然而故事的恐怖之处,也是离奇的地方在于将人头藏在花盆中这一举动。针对这一疑问,那不勒斯东方大学的学者戈登·普尔（Gordon Poole）试图从文本中给予解释。他认为,意大利文本中利用意文营造了多处双关语（annomitatio）。故事文本中的"花盆"（testo）盛着罗伦佐的"头颅"（testa 或 teschio）。不难看出这几个词在词形上面的相似之处。而且莉莎贝达在将罗伦佐的头颅藏入花盆时,将其用"精细的麻布"（bel drappo）包好。"bel drappo"在意大利语中称为"tessuto",与"testo"又构成了双关。所以本故事的文本（text）与"testo"建立了联系。事实上,早在14世纪,"testo"就具备了现代"text"一词的含义。故此,罗伦佐的"头"（testa）以及"花盆"（testo）均"目睹"（teste）了"文本"（text）中所叙述的故事,一个大的循环双关便构建起来了。

这则故事发生的大背景是黑死病横行肆虐的时期。薄伽丘在第一天的序言中对这场空前的大瘟疫进行了生动的描述。公元1348年,"不知是由于天体星辰的影响,还是因为我们多行不义",瘟疫开始蔓延,夺去了无数生命。瘟疫的症状异常恐怖。"疫病初起时,无论男女腹股沟或腋下先有肿瘤,肿块大小像苹果或者鸡蛋,也有再小些或再大一些的……不久之后,致命的脓肿在全身各个部位都可能出现,接着症状转为手臂、大腿或身体其他部位出现一片片黑色或紫色斑点,……是必死无疑的征兆。"一般不超过三天,痛苦而终。黑死病传播速度惊人,传染性极强,"健康人只要一接触病人就会传染上……甚至只要碰到病人穿过的衣服或者用过的物品也会罹病"。惊恐的民众反应不一。有些人洁身自好、深居简出,尽量避免与外界接触;有些人则及时行乐,"开怀吃喝、纵情玩笑"。在死亡面前,人性失去了力量。"街坊邻居互不照应……兄弟、姐妹、叔侄,甚至夫妻互相都不照顾。最严重而难以置信的是父母尽量不照顾看望儿女,仿佛他们不是自己的亲生骨肉。"原本是"意大利最美丽的城市,出类拔萃的"佛罗伦萨变成了人间地狱。据说,欧洲近半数的人口在此浩劫中丧生(Gottfried,1985:45)。"每天,甚至每小时,都有大批尸体运来,教堂墓地的面积和按照老规矩进行安葬的人手都不够了,于是在拥挤不堪的墓地里挖出宽大的深坑,把后来的成百具尸体像海运货物那样叠床架屋地堆放起来,几乎堆齐地面,上面只薄薄盖一层浮土。"在这则故事中,莉莎贝达的哥哥们之所以迫不及待要杀罗伦佐灭口,无非是因为罗伦佐地位低下(只是个跑堂的小伙计),以及舍不得出嫁妆。罗伦佐死后被草草掩埋。这样的坟冢在瘟疫横行时不计其数,这是与大时代背景相呼应的。故事结尾三兄弟离开墨西拿城,逃亡那不勒斯的行为,也正是他们觉得妹妹通奸是一件极"不光彩"的事。逃离墨西拿城正是为了寻求"光彩";这一点在《十日谈》之初,七个女子逃离佛罗伦萨城是相互辉映的。"要记住,我们堂堂正正地离开城市,并不比许多留在城里却干伤风败俗的事的人更不光彩"。

这出悲剧的造成,离不开社会地位的催化作用。三个哥哥的地位是商人,他们的父亲来自圣吉米尼亚诺(San Gimignano),给他们留下了一大笔遗产。商人在这一时期地位较为尴尬。一方面,在天灾面前,他们是财富的拥有者。他们通过大量的商业行为,掌握丰沛的资源,这使得他们足以通过金钱换取政治地位,在官场任职,甚至与封建贵族通婚,改头换面。另一方面,他们的敛财行为依旧被主流社会所不齿。人们认为,商人只关注买空卖空,投机倒把,并不实实在在地创造社会价值,只是要些类似高利贷的卑劣手段从而实现原始积累。他们被普遍视为社会的败类、罪人、寄生虫。这就造就了商人的特殊心理。一方面,他们拉拢底层,如在三兄弟谋杀罗伦佐时,"照常和罗伦佐有说有笑";另一方面,他们又极度鄙视下层人民,认为妹妹与罗伦佐交往乃是"造成羞辱的根子"。诚如考提诺琼斯(Cottino-

Jones)所言,"本书中的恋人在他们的行为与社会古板的行为准则发生冲突时,不得不平凡面对暴力、死亡以及隔绝"(Cottino-Jones,1982:10)。

对于这则故事的演化,众说纷纭。考林伍德·李(A. Collingwood Lee)对此作了较为详尽的梳理。除了济慈,诚如前文所提及的,在彼得罗·范范尼版本的《十日谈》中,记载了伊莎贝拉在情人心脏前的独白。里克喁·卡佩来提(Licurgo Cappelletti)在《十日谈研究》中将这则故事与另一个爱情故事做了对比:基恩弗洛(Gianflore)和费罗梦娜(Filomena)。基恩弗洛与费罗梦娜两人相爱至深。一日,两人偷情被抓,费罗梦娜的父亲命令她哥哥残忍地将基恩弗洛吊死。费罗梦娜对情人忠贞不渝,至死不愿嫁给别人,在幻觉中见到基恩弗洛的亡灵后,毫不犹豫地也上吊自尽,二人在阴间团聚。其父与其母懊悔不已(Cappelletti,2010:376)。此故事后来又经过工匠歌手汉斯·萨克斯(Hans Sachs)改编,提名为《两个恋人的悲情史》,不过情节有些出入。这里的罗伦佐是个德国人。也是兄弟中的一个藏在妹妹的卧室内发现了偷情的秘密。罗伦佐也是被谋杀,身首异处。一个老妇人拿着一个花瓶展示给妹妹看时,妹妹死去。最终罗伦佐的尸首得以与情人合葬(Lee, 2012:137)。到1915年,汉斯将此故事改编为民歌(lied),取名为《莉莎贝特与罗伦佐》(*Die Lisabet mit irem Lorenzen*)。直到1548年,此歌依旧被奉为"工匠之歌"(meistersang)。该故事后来被乔治·特伯维尔(George Turberville)搜录入其"悲剧故事"(Tragical Tales)中去(Turberville,1837:185-192)。

参考文献

1. Boccaccio, Giovanni. Musa, Mark & Bondanell, Peter trans. *The Decameron* [M]. New York: Penguin Group Inc., 2002.

2. Boccaccio, Giovanni. Payne, John trans. *The Decameron* [M]. Whitefish: Kessinger Publishing LLC., 2010.

3. Boccaccio, Giovanni. Rigg, J. M. trans. *The Decameron of Giovanni Boccaccio*

[M]. New York: A. H. Bullen, 1903.

4. Cappelletti, Licurgo. *Studi Sul Decamerone* [M]. Charleston: The History Press, 2010.

5. Cottino-Jones, Marga. *Order From Chaos: Social & Aesthetic Harmonies In Boccaccio's Decameron* [M]. Washington D. C. : University Press of America, 1982.

6. Gottfried, Robert S. *The Black Death: Natural and Human Disaster in Medieval Europe* [M]. New York: Simon & Schuster Inc. , 1985.

7. Lee, A. Collingwood. *The Decameron: Its Sources and Analogues* [M]. Reprints: University of Michigan Library, 2012.

8. Poole, Gordon. Boccaccio's Decameron IV,5 [J]. *The Explicator*. London: Routledge, 1989, (03).

9. Turberville, George et al. *Tragical Tales: And Other Poems* [M]. Edinburgh: Printed for Private Circulation, 1837.

10. 卜伽丘. 十日谈[M]. 方平,王科一,译. 上海:上海译文出版社,1995.

11. 薄伽丘. 十日谈[M]. 赵富春,译. 北京:中央戏剧出版社,2005.

人间天堂:《十日谈》中的花园

意大利著名作家乔万尼·薄伽丘(Giovanni Boccaccio,1313-1375)的小说集《十日谈》可谓脍炙人口,这部吹响了人性解放号角的力作,歌颂了追求人间幸福的合理性,为中世纪那些思想受到禁锢的人们拨开了云雾。从《十日谈》问世起,它便吸引了众多学者从各个层次、各个方面甚至从各种可能性对文本进行阐释和解读,结果是众说纷纭。在众多母题分析以及文本细读题目的缝隙中,读者可以留意到一个有趣的地点描写,即花园(Gardens)。花园在《十日谈》里已经不再是传统意义上的供人们玩耍、休息、赏花、散心等的娱乐活动的场所,而是成为人们享乐、愉悦(灵与欲)的象征。

薄伽丘自己也许已经意识到,他创作的小说有太多猥亵的味道,有色情淫秽作品之嫌。于是在"跋"中,薄伽丘自我解嘲道:"也许有哪位太太小姐会说,这些故事里涉及男女的事情太多,不是正经的女人所应该说或应该听的。"继而他又辩解道:"这些故事并不是在教堂里讲的,……这些故事也不是在哲学学院里讲的,……这些故事都是在花园里、在游乐的地方讲的。"在薄伽丘的自我申辩话语当中,读者可以明确地感受到作者对花园的"pleasance"[1]的属性的充分肯定。不难推断,薄伽丘笔下的"花园"是世人追求幸福的乐园,是爱情、欢愉的源泉,因此是个世俗的人间天堂。

其一,走出地狱般的死亡之城。

薄伽丘的爱欲故事是通过十个青年男女之口来转述的,而讲故事的地点大部分都位于不同的花园之中。这里景色宜人,阳光明媚,实在与《十日谈》故事的大背景格格不入。众所周知,公元 14 世纪,一场突如其来的大瘟疫横扫欧亚大陆,来势之凶猛令人吃惊,无数人因为这场瘟疫而丧命,史称黑死病。据记载,黑死病实属一种淋巴结鼠疫,是由于感染"杆菌耶尔森氏菌"(bacillus Yersinia)而引起的。黑死病流行的短短一年[2]里,疫区便尸骨堆积如山,惨不忍睹。

薄伽丘对这段历史进行了描述,并把其作为《十日谈》故事的叙事背景。薄伽丘在《十日谈》序言里以意大利昔日美丽的城市佛罗伦萨为例,描述了黑死病肆虐给该城市造成的危害。在他的笔下,患者的症状惨不忍睹:"染病的男女,最初在鼠蹊间或是在胳肢窝下隆然肿起一个瘤来,到后来愈长愈大,就有一个小小的苹果,或是一个鸡蛋那样大小。一般人管这瘤叫'疫瘤',不消多少时候,这死兆般的'疫瘤'就由那两个部分蔓延到人体各部分。这以后,病征又变了,病人的臂部、腿部,以至身体的其他各部分都出现了黑斑或是紫斑,有时候是稀稀疏疏的几大块,有时候又细又密;不过反正这都跟初期的毒瘤一样,是死亡的预兆。"

更可怕的是这种病乃属不治之症,任凭什么灵丹妙药皆回天乏术,感染者三天之内必死无疑。黑死病的传染性极高,这必然导致人们的恐慌,于是人人自危,尽量避开与他人的接触,以此来躲避或降低得病的概率。人与人之间的亲情、关爱荡然无存,而且人的尊严和对命的敬畏也践踏得不可言状。"病人死了,不但没有女人们围绕着啜泣,往往就连断气的一刹那都没有一个人在场。"唯一可能出现在葬礼上的人就是低三下四的"掘墓者"[3]。下层社会的人更加可怜了,不但没有这些敷衍了事的殡葬业人员来收尸,就连尸首也要在腐烂发臭中被慢慢遗忘。面对这突如其来的惨绝人寰的悲壮情形,人们开始用不同的态度去对待这场瘟疫。可以说,人们的价值观、行为和思想都发生了翻天覆地的变化。面对疫情,"有些人以为唯有清心寡欲,过着有节制的生活,才能逃过这一场瘟疫",这些人总是"尽力节制",依靠音乐和其他玩意儿打发日子;"也有些人的想法恰巧相反,以为唯有纵情欢乐、豪饮狂歌,尽量满足自己的一切欲望,什么都一笑置之,才是对付瘟疫的有效办法",他们尽情豪饮,到处乱闯;还有一些人选取折中的态度,他们既不会节制饮食,也不会"放荡不羁";也有些人的态度更为残忍,认为唯一的好办法就是"躲开瘟疫"。这些人只关心自己的安危,背井离乡,弃亲人和家庭于不顾。总之,在这尸横遍野的佛罗伦萨城中,人人自危。

其二,来到人间天堂般的花园里。

正是在黑死病肆虐欧亚大陆,佛罗伦萨尸横遍野的恐怖背景下,讲故事的十个青年男女登场了。

首先是七名年轻女士,在教堂做弥撒偶遇。经过一番感慨、牢骚,她们动了逃出城区,到乡间去的念头。正在犯愁没有合适的男士做伴的当头,三名男子从天而降,出现在了教堂。于是这十人一拍即合,第二天便动身出发。走了大约六里路,便到了讲故事的第一处花园。这是一个坐落在山间的别墅庭院,"周围尽是各种草木,一片青葱,景色十分可爱"。葱郁的草坪、清凉的泉水,一切都是那么令人赏心悦目、心旷神怡。经过一番商讨,他们决定每天推举一名首领(王),带领大家自娱自乐,抛弃疾病的困扰。这日午后三时,女王聚齐大家共同来到花园草坪,众人席地而坐,女王建议每人轮流讲故事消耗时间,得到了大伙的响应。这个花园成为讲故事的起始地。

讲故事的第三天恰逢礼拜日,这群青年在女王的带领下向别墅进发,在这里大家又见到了一座花园,那里"有繁盛的花木,有喷水泉,有从喷水池里流出来的蜿蜒清溪,全园的布局又这么精巧,都十分赞叹,竟说是如果天堂的乐园就筑在人间的话,那么一定会布置得跟这个花园一模一样,断难再锦上添花,增加一分美丽了"。面对如此人间美景,大伙不禁玩耍起来,他们"欢乐地在园里游荡,随手攀折青枝绿叶,编成了一顶顶漂亮的花冠;倾听着二十来种鸟儿真像在比赛歌喉似的,在树梢发出一片清脆的啁啾声"。更有趣的是,大家在花园中发现了百来种可爱的走兽,"这边有家兔出现,那边又有野兔突然跑过,山羊悠闲地躺卧着,麋鹿正在吃草,又有许多善良的野兽,逍遥地东奔西走,看模样都十分驯服"。正是在这个幽静的花园里,薄伽丘的情欲故事借青年男女之口,娓娓道来。时光流逝,转眼间到了第七天,这回轮到第奥纽担任国王。天才蒙蒙亮,在国王的带领下,一干人马朝着"女儿谷"(Ladies' Valley)进发。"女儿谷"不愧是又一个人间仙境,"有更多的鸟儿发出一片清音,好像欢迎他们似的"。在美酒佳肴的催化下,青年们引吭高歌,引得不甘示弱的鸟儿"又唱出了许多更加美妙的新曲调"。在湖边桂树的浓荫下,饮食男女们放声歌唱,困倦了便小憩一下,醒来后大家继续兴奋地分享着肉欲的故事,好不自在。后来,大家再次回到之前的花园里,直至最后(小说的结尾),十人回归佛罗伦萨城,又一次转回到初次相遇的圣玛丽亚·诺凡拉教堂(Santa Maria Novella),于是"男的到别处去遨游消遣,女的各自回家"。至此,一场轰轰烈烈的情色故事会告一段落。

依据美国学者 Edith G. Kern 的观点,薄伽丘在《十日谈》中使用了大家所熟悉的"爱情花园"这一中世纪传统文学套路。据 Kern 的梳理,"花园"作为文学作品的一个工具经常出现在各类有关爱情和宗教的国别文学之中,如拉丁语文学、凯尔特语文学、普罗旺斯语文学等。其实,从文本中不难看出,薄伽丘所杜撰的故事有相当大的篇幅是借助人性、情欲的交织来体现世俗人对于情爱的追求,故而所营造的氛围即人间的情爱幸福。

在花园里,人们可以无忧无虑,把生死、烦恼统统抛在脑后,这不是人间天堂又是什么?初次来到花园,性情男女们迫不及待地要讨论如何消遣。最为活跃的第奥纽急切表达自我的期待:"我不知道你们打算怎样排除忧思,至于我呢,我在方才跟你们一起动身的时候,已把那份愁思丢在城门口了;所以,我请求你们跟我一起来纵情欢笑歌唱,只要不失你们的端庄就是了;否则请你们还是放我回到那苦难的城里去,重新在悲伤中讨生活吧。"在青年们希望忘却忧伤、追求愉悦的心理支配下,一个个活生生的欲望故事登场了。而讲故事的场所就是一个个花园,《十日谈》对作为讲故事场所的每座花园都进行了描写,尤其对第三天的花园描写最为详尽。关于这座花园,除了前文的描写以外,尚有如下着墨。

"凡是这一带气候所能栽植的花木,这座花园里几乎全都有了。在花园中央,他们发现了一个场所,尤其叫他们欢喜,原来那是一片草坪,远远望去,只是一片墨绿,点缀着成千朵艳丽的鲜花。草坪四周围绕着一丛丛树林,都是些葱郁茂盛的香橼树或是橘树,有的正在开花,有的已经结果,有的果子都已熟了,正是绿荫沉沉、清香扑鼻,叫人心旷神怡。

草坪中央,有一座喷水泉,用白大理石筑成,上面镂着精致的雕刻。一尊人像,由圆座托着,矗立在池子中心,把水花喷射到半空,水花从高处落下,就像雨点般打着水晶似的池子,只听得淙淙的一片悦耳的声响。这喷水泉也不知是凭着一股天然的力量还是凭人为的力量,这一股压力是够一个磨坊用了。池子里的水快要满溢的时候,就由暗道流出草坪,流进一条条环绕着草地、设计巧妙的水沟;水就这么流通全园,最后,汇聚在一起,成为一条清溪,流出园外,奔向平原。流水挟着一股冲击的力量,从高处落下,就推动了两个设在那里的水磨,着实替主人带来了不少利益。"

园中的花草植物、葱郁茂盛的植被,象征着生命的希望。这些活跃的、旺盛的生命力的象征与佛罗伦萨城内黯然、阴霾的死亡之气形成了鲜明的对照。树木开花,甚至发芽、结果,这是人们在瘟疫天灾面前的一种祈福、一种美好的愿望,希冀疾病和死亡早早离去。花园中央的喷泉,自然也是生命之泉的象征,这股清泉的力量是神秘的、超自然的。就像瘟疫的来源一样,人们不得而知为何它会如此肆虐、嚣张,对于何时以及如何能够消灭黑死病,回归幸福生活,人们心中是不确定的,只好把不解与绝望幻化成超自然的能量来聊以自慰。花园中的动物也不是随意安插的。"家兔"和"野兔"跑来跑去,意味着人在狂野偷情与恪守家庭伦理之间的徘徊;"山羊"[4]则意味着色情的宣泄;"鹿"[5]的意象常常与爱神厄洛斯(Eros)联系在一起,因此是爱的标志。

薄伽丘的《十日谈》是人性抒发的一个工具,是人性解放的一种呼声。在小说的布局上,《十日谈》有太多可圈可点之处。其中极为微观的一个侧面描写,即对

"花园"的着笔,反映了作者对于当时的时代精神和历史背景的思考。花园是人性张扬的理想天堂,动植物在花园里自由生长和活动,青年男女在花园里自由玩耍、歌唱、讲故事,花园里的人文气息与中世纪欧洲的禁欲主义形成了鲜明对比,却与青年男女们在花园里讲述的一个个倡导人性解放的愉悦故事相得益彰。从这层蕴意来讲,作为讲故事的承载地,"花园"功不可没。

注释

【1】英文版为 a place of pleasance,"pleasance"的古代词义指对于 pleasure(享乐)的追求,尤其指肉体的性欲。

【2】公元 1348 至 1349 年。

【3】意大利语原文为"becchini",即"gravediggers"(挖墓人或者运尸人)。

【4】西方神话中的神仙(一般指男性)下凡调戏妇女常变成山羊,故此在英文中"goat"亦有色狼之意。

【5】在许多花瓶和石刻图案上面,可以见到骑着鹿(deer)或獐狍(roebuck)的爱神厄洛斯。也能见到骑着山羊的厄洛斯,或者是与野兔玩耍的厄洛斯。

参考文献

1. 薄伽丘. 十日谈[M]. 方平,王科一,译. 上海:上海译文出版社,1995.

2. Kern, Edith G. The Gardens in the Decameron Cornice[J]. *PMLA*, 1951(4): 105-109.

3. Neilson, William Allan. The Origin and Sources of the Court of Love[J]. *Study & Notes in Philology & Literature*, 1899(6): 50-56.

4. Lewis, C. S. *The Allegory of Love*[M]. Oxford: Oxford University Press, 1948.